아름다운 세상 만들기

아름다운 세상 만들기

초판 1쇄 인쇄 2009년 07월 14일
초판 1쇄 발행 2009년 07월 18일

지은이 | 장영애
펴낸이 | 손형국
펴낸곳 | (주)에세이퍼블리싱
출판등록 | 2004. 12. 1(제315-2008-022호)
주소 | 157-857 서울특별시 강서구 방화3동 822-1 화이트하우스 2층
홈페이지 | www.essay.co.kr
전화번호 | (02)3159-9638~40
팩스 | (02)3159-9637

ISBN 978-89-6023-249-5 03810

아름다운
세상 만들기

장영애 지음

이 글을 읽는 분들께

저는 지극히 평범한 사람입니다.

이 세상을 살면서 제가 느낀 것과 저의 생각을 이 책에 담아 보았습니다. 세상의 단면만 보고 제 생각을 글로 적는 건지는 모르지만 한 번 쯤 세상을 향해 저의 생각을 알리고 싶었습니다.

저는 편한 것을 좋아하며 행복한 일상을 꿈꾸며 살고 있습니다. 저는 종교인도 아니고 철학자도 아닙니다. 일어나 아침이 되면 오늘 하루 있을 일을 나름 계획도 세워보고, 저녁이 되면 하루의 일을 간단히 반성하는 정도입니다.

피곤에 지친 저녁을 맞이할 때면 저녁밥을 먹고 픽 꼬꾸라져 잠에 취해 버릴 때도 있습니다. 가벼운 드라마를 즐겨보고, 코미

디프로를 보며 웃기도 합니다.

저는 이제 마흔을 훌쩍 넘기고 오십을 바라보는 주름 자글자글한 중년 아줌마입니다. 아직도 맑고 고운 노래를 들으면 좋고, 예쁜 옷을 보면 사 입고 싶어집니다.

이런 제가 왜 이런 책을?

가끔씩 좋지 않은 세상 이야기를 듣거나 보면 마음이 아프고, 좀 더 나은 세상이 되면 좋을 텐데 라는 생각이 많이 들었기 때문입니다. 아직도 나는 삶의 방식을 내 방식 그대로 이기를 고집하지만, 지금의 나를 있게 해 주신 분의 이야기를 하고 싶었습니다.

나는 지금까지 살면서 많은 사람들을 만났습니다. 나와 비슷한 생각과 나와 비슷한 일상을 가진 사람들을. 하지만 그분은 달랐습니다. 마음이 나와는 너무나 다르고 생활방식도 생각도 다른 분이셨습니다. 나는 그분으로 인해 세상을 바라보는 눈을 조금은 바꿀 수 있었습니다.

그분만큼의 마음깊이를 가진 사람이 많아진다면 얼마나 좋을까?

겸손하시고 마음의 깊이가 있으신 분, 자신을 남에게 드러내지 않으시고 항상 겸손을 실천하시는 분을 뵈면서 사랑의 방법, 보이지 않는 세계, 정성을 다하는 겸손한 마음이 어떤가를 알게 되었습니다.

그 중 일부분의 이야기이지만 이 세상을 살아가는 사람들에게 충분히 도움이 될 만한 내용임을 확신합니다. 부족한 저의 글 솜씨로 인하여 자칫 그분의 깊은 사랑의 마음이 다 전달이 되진 못하겠지만 나름대로 열심히 적어보았습니다.

책을 읽으면서 지루할 수도 있을 것이고, 공감하지 않는 분들도 계시리라 생각합니다. 그렇지만 조금이라도 공감이 가는 분들도 계시리라 생각합니다.

사람의 모습만큼 생각의 모습도 다르니까요.

이 글을 읽는 분들 모두 행복한 삶을 살았으면 좋겠습니다.

2009년 7월

장영애

차례

아름다운 세상 만들기

아픈 세상

세상을 바라보면 참으로 아픕니다. 당신은 아프지 않은가요?
가슴속을 아리는 진한 아픔이 느껴지지 않으신가요?

아이가 살고 싶어 몸부림쳐도 잔인하게 죽여 버리는 잔인한
어른이 있는가 하면 나의 이익에만 눈이 어두워 타인의 마음 따
위는 안중에도 없는 냉정한 사람을 보면서 당신은 가슴이 아프
지 않으신가요.

나는 가슴이 아파옵니다. 어두운 길을 걷다가도 누군가가 나
를 헤치지 않을까 하는 소름끼치는 두려움으로 살아야 하는 우

리네 삶과 언제 죽을지도 모르는 순간의 시간들이 우리 주변을 맴돕니다.

병원에는 환자들이 넘쳐나고 환각과 우울함으로 청년시절을 보내는 우리네 아이들을 보면서도 당신은 아프지 않습니까? 남의 일이니까 나의 가족의 일이 아니니까 라고 생각하십니까?

그렇다고 해도 너무나 가슴 아픈 우리네 현실입니다. 남들이 보지 않는다고 나만 입 다물면 무엇이든 비밀이 되고 감춰도 되는 죄악들이 얼마나 많은지 이런 현실을 보면서 나는 해결할 수도 없으면서 마냥 가슴만 아픕니다.

자신의 모든 행동과 생각들을 누군가가 알고 있고, 자신이 남 모르게 지은 죄가 부메랑처럼 자신의 가족에게, 자신에게 고스란히 돌아온다면 잔인한 죄는 짓지 않게 될까요, 나쁜 마음을 가지고 지옥으로 간 죽은 영혼들이 죄를 짓게 되는 순간 밤마다 꿈속에 나타난다면 죄라는 것을 짓지 않을까요.

너무나 가슴이 아파옵니다. 이런 병든 세상에 나의 아이가 다치지 말란 법 없고, 내가 죽지 말란 법이 없습니다. 남의 일이라 생각했던 무서운 것들이 나에게 일어나고 아프고 다치고 죽고 그리고 죽이고.

각종 종교들이 생기고 신도들이 인구의 절반이 되어도 결코 나아지지 않는 현실들. 좋은 말들이 세상에 넘쳐나고, 좋은 음악이 지구를 뒤덮고, 돈만 있으면 세계 어디라도 갈 수 있는 편안한 세상, 나만 편하자고 남들도 속이고, 거짓말을 밥 먹듯 하고, 각종 음란물이 어지럽게 뒷골목을 떠돌고, 한 많은 이 세상은 어지럽기만 합니다. 현기증이 납니다.

어떻게 하면 좋을까요? 그냥 이대로 내 버려두어야만 하는 것입니까?

사람들은 너무나 불안해 마음 둘 곳을 찾아다닙니다. 점을 보러 다니고, 부적을 붙이고 종교에 의지해 죽어서 천국에 갈 거라며 위안을 삼습니다.

당신도 그러한가요? 종교를 갖고도 과연 내가 죽으면 천국으로 가게 되는 걸까라고 생각하지는 않으신가요?

가 보지도 않은 지옥을 어떻게 믿을 수 있으며, 영혼이 영원히 살게 되는지, 아니면 죽으면 완전히 끝나는 것인지, 사람들의 생각들은 수없이 많고, 그냥 먹고 마시고 순간의 쾌락으로 허전함을 달래고, 행복한 기분은 순간이고, 어려운 사람은 먹고 살기에 급급해 아파도 병원에 쉽게 가지도 못하고, 돈이 많은 사람은 여유를 부리며 많은 돈을 주체하지 못해 향락에 빠지고, 명품을 사고 체면과 돈 많음을 남에게 보이려하고, 자랑하듯 다니고, 명예를 가진 사람은 남들이 나를 우러러보길 바라지만 이런 모든 것들이 죽음에 임했을 때는 허망하게 모두 다 버리고 가야 하는 서글픈 현실.

하지만 서로 속고 속이는 세상을 보면서, 서로가 업신여기는 세상을 보면서 나는 가슴이 너무나 아픕니다. 나는 너무나 힘이 없고, 돈도 없고, 남들에게 보여줄 것도 없습니다.

이 세상을 어떻게 할 수도 없으면서 한숨이 나고 가슴이 아파 옵니다.

어찌하면 좋을까요?

기독교를 믿지 않는 사람들은 기독교의 방식인 구원을 믿지 않고, 종교인은 자신의 종교를 믿으면 구원을 받고 천국에 갈 텐데 라며 자신의 종교를 믿지 않는 사람들을 보며 안타까워합니다.

당신은 어떤 생각을 하고 계신가요? 건강하게 살다가 남들보다 잘 살다가 죽으면 그것으로 만족하는 것입니까? 그렇다면 앞으로의 우리의 아이는요? 돈만 있다고 행복하다고 생각하진 않으시죠? 나만 잘 살면 그것으로 끝이라고 생각진 않으시죠? 재림 예수가 나타나서 또 대신 죄를 짊어지고 죽기를 바라진 않으시겠죠? 다 같이 잘 살고 서로 아끼며 사는 세상을 꿈꾸지는 않나요? 나의 아이가 따돌림을 받지 않고 장애인이 되어도 서로 보듬어 안고 서로 도와주는 세상을 꿈꾼 적이 있나요? 아파서 병원에 가면 진정으로 가족처럼 간호해 주고 치료해 주는 그런 병원을 상상해본 적이 있나요? 권력자가 자식처럼 국민을 대하는 그런 세상을 원한 적이 있나요? 가난한 사람을 부유한 사람이 자식을 돌보듯 위하고 도와주는 세상을 꿈꾼 적 있나요. 내가 보지 않는 곳에서 기분 나쁘게 내 흉을 보지 않는 사람들만 사는 그런 세상을 한 번이라도 상상해본 적이 있나요? 굳이 죽어서의 천국이 아니라 지상이 천국이 된다면 이라고 한 번이라도 생각해본 적이 있나요?

나는 아픈 마음을 감출 수 없습니다.

점점 죽어가는 치유할 수 없는 중환자가 되어버린 세상을 바라보면서 희망이 그냥 덧없는 희망이 되지 않고 꿈이 영원한 현실이 될 수 없는 세상을 우리 모두 다함께 지금이라도 마음을 모아 어떤 방법으로든 치유해 보면 어떨까요?

나의 생각이 어리석은 꿈일지는 모르지만 한 번이라도 세상을 향해 펼치고 싶은 간절한 마음입니다. 나는 철학자도 아니고, 머리가 좋은 정신분석가도 아닙니다. 나의 마음은 하루에도 수없이 편안한 일상을 꿈꾸고, 남들처럼 편안한 집에서 행복한 저녁을 가족과 나누는 꿈을 꿉니다. 나의 무료한 일상은 그래 그냥 이대로 살자 이대로 살다 죽자, 세상이 도대체 나와 무슨 상관이며 나의 가족과 나의 친구와 나의 지인들이 잘살면 그것으로 만족하자고 속삭입니다.

하지만 나의 꿈틀거리는 아픈 마음은 주체할 수 없이 자꾸만 나를 찌릅니다. 하루를 지내며 수도 없이 재미없는 한숨을 쉬고, 무엇을 해야 재미가 있을까 게임도 해 보고, 돈이 있으면 맛난 것을 사먹으며 친구와 쓸데없는 얘기로 수다를 떨다가도 그래도 떨칠 수 없는 외로움과 채울 수 없는 그 무언가에 나의 가슴은 멍들어 갑니다.

이 글을 읽게 되는 당신은 무슨 생각으로 이 세상을 살고 있나요?

술을 마시고 담배를 피우고, 바람을 피우고 그 누군가를 만나서 이야기를 나눠도 현실은 답답할 뿐 그 어느 것도 자신의 마음을 온전히 편하고 행복하게 만들어줄 수 없다는 것을 알고 있으리라 생각합니다.

어릴 때와 다르게 나이가 들수록 사랑하는 사람과 있어도 외롭고 무언가 채울 수 없는 무언가를 느끼지 않으십니까? 저만 그런가요?

이런 현실이 해결될 수 없다하여도 아침마다 들려오는 나쁜 뉴스들만이라도 없었으면. 장애를 가진 부족한 나의 아이에게 7살 어린아이가 손가락질하며 바보 똥개라고 하지 않았으면, 나의 가족이 아프지 않았으면. 나의 남편이나 아내가 오로지 나만 바라보며 딴 짓을 하지 말았으면. 오늘 저녁 반찬이 마음에 들었으면,

하는 그런 일상의 서글픔과 작은 바람들.

당신도 그러한가요? 중병에 걸린 세상의 이면에는 사람을 소중히 여기지 않는 마음이 그 원인이라고 생각해 보지는 않으셨나요? 아이에게 너는 이 세상에서 가장 소중한 사람이고 최고인 거야라고 가르쳤습니까? 너는 이 세상에서 가장 작은 단위이고 너는 이 세상에 태어난 순간 소중한 사람으로 도리를 다하고 살아야 된다고 가르쳤습니까? 네가 소중한 만큼 남도 소중한 거야, 네가 아프면 남도 아픈 거야라고 가르쳤습니까? 잘 먹고 건강하게 자라 공부도 잘하고, 너만 행복하면 부모인 나는 소원이 없다고 가르쳤습니까?

이제 성인이 되어버린 당신은 과연 남들에게 모범이 되고, 내 부모, 내 가족에게 존경받고 사랑받는 자신이 되었다고 생각하십니까?

나는 자신 없습니다. 나는 존경받는 사람도, 가족에게 인정받을 만큼 좋은 사람도 아닙니다. 나는 돈을 벌기 위해 책을 쓰는 것도 아니고, 나를 세상에 내놓고 싶어 글을 쓰는 작가도 아닙니다.

죽기 전 내 몸 둘 곳 있으면 되고, 외롭지 않을 사랑하는 사람만 곁에 있으면 더욱더 좋고, 평범한 내가 되어 남들과 똑같이 살고 싶습니다. 이것도 욕심이라면 욕심이고, 죄라면 죄일까요?

오늘도 나는 길거리에서 아픈 이웃을 보고, TV에 나오는 슬픈 사연도 만납니다. 그래도 모른 척 나의 길을 갑니다. 오늘도 이렇게 시간이 가겠지요.

아름다운 세상을 위하여

어느 누구나 다 그렇지만 똑같은 생각과 똑같은 삶을 살지는 않습니다. 조금은 비슷하고, 조금은 닮은 모습을 하고 사람들은 살고 있지만, 사람들은 모두 두 가지의 영혼을 가지고 있습니다. 그것을 실감하지 못하고 있을 뿐입니다.

나는 두 가지의 영혼을 가지고 있어서 두 가지의 운명을 거머쥐고 살고 있기도 합니다. 내가 이 세상에 태어난 것에는 분명한 이유가 있었고, 내가 거부할 자격도 능력도 갖고 있지 않아서 힘없이 순순히 내 운명을 받아들여야만 했습니다.

나는 세상에 살면서 나 스스로 나를 가두고 살 때가 있습니다. 나를 풀어 헤치면 감당할 수 없을 만큼 나 스스로 주체할 수 없는 무서운 것이 나를 지배할 충분한 여지가 있기 때문입니다.

　나는 내가 두렵습니다. 나는 가장 선한 나와 가장 악한 것을 동시에 가지고 있습니다. 세상을 보고 눈물 흘리며 걱정하고 가슴 아파하는 나의 모습과 세상 모두가 지옥으로 떨어져라 라고 외치는 또 하나의 내가 존재합니다. 세상에 알려진 나의 이름 외에 나는 또 하나의 이름을 가지고 있습니다.

　나는 내 속에 사악한 악녀가 자리 잡고 있음을 알지 못했습니다. 남을 이용하고. 거짓을 말하고, 비정상적인 사랑을 하려하고, 남을 무시하고, 자신이 잘났다고 생각하며, 남의 마음 따위는 안중에도 없고, 시기하고, 질투하고, 오로지 나 자신만을 위해서 이기적이고 사악한 마음을 키우고 있었음을 알지 못했습니다.

　나는 도둑질도 할 수 있고, 거짓을 밥 먹듯 행하고, 쓰레기를 아무데나 버리고, 사람을 죽이고 싶은 마음도 있으며, 내 잘못을 남의 탓으로 돌리고, 죄의 눈을 가지고, 수많은 죄악을 행하여도 전혀 반성하지 않으며, 죄를 저지르고도 그것을 즐기는 악마의 마음도 가지고 있습니다.

이제 이런 악의 세상의 종결이 얼마 남지 않았음을 알고 있습니다. 인간을 만드신 태초의 하나님은 이 지구가 이렇게 악으로만 이루어지길 바라지는 않으셨을 것이고 악이 세상을 지배해 지구가 더럽혀지고, 엉망이 되어 치유할 수 없는 중병에 걸리기를 바라지는 않으셨을 것입니다.

악마가 세상을 지배하고, 사람의 마음을 헤집고 다니며, 전쟁을 일으키고, 인간과 자연을 천하게 만들었습니다. 그것을 바라보는 하나님은 가슴이 찢어지고, 눈물을 한없이 쏟아내셨습니다.

몇 번의 성인을 보내서 지구를 살려보려 하셨지만, 그 때마다 핍박과 고통 속에 하나님께서 보낸 성인들은 슬픈 죽음을 맞이하였습니다. 사람들은 실천하지 않았고, 점점 더 미궁 속으로 세상은 던져져 버렸습니다. 그것을 바라보는 악한 것들은 그것을 즐겼고, 신나게 사람들 마음속에 파고들며 악을 행하기에 여념이 없었습니다.

세상에 살다간 사람들은 누구랄 것도 없이 좋은 곳으로 가길 원했지만 악한 세상에 살다간 악한 사람들은 귀신이 되어 구천을 떠돌며 자신들의 후손에게 돌아다닐 수밖에 없었습니다. 세상의 사람들은 태초의 인간과 달라 하나님의 말씀도 들을 수 없게 되었고, 그냥 자신들의 주위를 맴도는 조상들의 영향을 받으며 병에도 걸리고, 사고로 죽게도 되고, 자살도 하며 허망하게 살다가 죽을 수밖에 없었습니다.

이런 어지러운 세상에서 그나마 선하고 남을 위해 살다 가신 분들은 죽어서 좋은 곳으로 가서 좋은 영향을 후손에게 끼치며, 선하게 살도록 도와주시기도 합니다.

사람들은 이런 악의 영향도 받고 자신의 조상의 영향을 끊임 없이 받고 살면서 그것을 전혀 느끼지 못하고 살고 있습니다. 자신이 잘나서 그런 줄 알고, 오로지 자신밖에 모르고 자신의 생각과 자신의 마음으로 살고 있다고 생각합니다.

나는 이제 알고 있습니다. 나를 지배하는 두 가지의 마음. 하나는 나의 선한 조상님이고, 하나는 나를 지금까지 끊임없이 지배해온 악마인 것을 알고 있습니다. 나는 죽을 때까지 내 속에 나쁜 악녀를 몰아내기 위해 내 온 생을 바쳐야 함을 알고 있습니다.

나의 조상님은 내가 이런 악녀에게서 벗어나 온전한 착한 후손이 되어 조상의 품으로 돌아오길 간절히 바라고 계십니다. 나의 조상님은 나를 악녀에게서 벗어날 수 있게 도와주시지만 온전히 나의 노력으로 벗어나길 바라고 계십니다. 이미 그 방법을 알려 주셨고, 나는 그것이 잘 되지 않아 외롭고 힘든 전쟁을 하고 있습니다.

나도 그렇고 세상을 살고 있는 사람들도 그렇지만 사람은 죽으면 없어지는 것이 아니라 그 영혼은 어쩔 수 없이 저 세상에 가서 살 수밖에 없게 되어있습니다. 아무리 부정하고 믿지 않으려 해도 정해진 하늘의 이치이며 순리인 것입니다. 아름다운 저 세상에서 천 년 만 년 살고 싶다면 이 짧은 인간의 세상에서 마음을 다듬고 아름답고 착하게 살아야 하는 것입니다.

지금의 세상이 병들고 신음하고 있다는 것을 모르는 사람은 없습니다. 그것을 부정하고 싶지만 눈을 뜨고 신문을 보고, TV를 보면 온통 범죄와 무질서와 자연의 파괴가 그것을 부정할 수 없게 만들고 있습니다.

어떻게 사는 것이 정답인지 어떤 것이 현명한 것인지 도무지 알 수 없게 만듭니다. 희귀한 병이 생기고, 병에 걸리지 않기를 바라며 약도 먹고 건강하게 사는 것이 가장 현명하고 올바르게 사는 것이라며 운동도 하고 좋다는 것은 다 해 보는 것이 요즘 세상 사람들의 삶의 방식입니다. 그래서 병에 걸리면 돈도 필요하고 건강하게 살려면 먹고 살아야 하니 돈을 법니다.

돈이 많으면 죽을병에 걸려도 쉽게 병원을 이용할 수 있고, 먹고 싶은 것도 마음껏 먹고, 안락한 환경에서 남부럽지 않게 살 수 있는 것입니다. 지구 어디를 가도 돈을 많이 번 사람이 존경받는 세상이 되었고, 돈을 벌기 위해, 먹고 살기 위해 국경을 넘나들고, 자연을 파괴하고, 사람도 죽이고, 몸을 힘들게 하면서 돈을 법니다.

세상에서 행복하게 살기 위해 이런 모험을 하는 사람이 많아지지만 정작 죽은 이후의 행복을 위해 투자하는 사람은 없습니다. 어차피 죽을 거라면 이제 죽은 이후의 나를 위해 투자해 봅시다. 얼굴을 아름답게 보이기 위해 성형을 하고, 화장품으로 치장을 하고 시간을 투자했다면 이제는 아름다운 이 지구를 위해, 그리고 죽은 이후의 나를 위해 투자해 보는 것은 어떨까요.

만약 사람들 개인의 영혼이 사람들 눈에 그대로 여과 없이 보여 진다면 사람들은 자신의 순간의 쾌락을 위해 몸을 팔고, 죄를 짓지는 않을 것입니다. 아름다운 영혼을 만들기 위해 거짓말도 하지 않을 것이며 마음에 없는 말도 하지 않을 것이며 사악한 악마가 세상을 지배하지도 않았을 것입니다.

이제 나는 외치고 싶습니다. 우리 모두 이제는 더러운 악녀의 품에서 벗어나야 하며 더럽혀진 지구를 위해 그리고 후손을 위해 아직 살아있는 우리가 숨 쉬는 동안 해야 될 숙제이며 숙명인 것을, 그래서 죽어서 행복해지고, 그리고 이미 구천을 떠도는 불쌍한 우리의 조상들을 위해 우리는 한 시도 쉴 수 없다는 것을 나는 눈물로 호소합니다.

나의 외침이 허공중에 떠다니며 물거품처럼 사그라진다 해도 나는 해야 될 말은 해야 되며 나를 지배한 악마를 더 이상 죄 짓지 못하게 만들기 위해 사람들을 독려해야 된다고 생각합니다.

앞으로의 세상을 희망으로 보는 사람도 절망으로 보는 사람도 있지만 나는 노력하는 사람만이 희망의 상자를 열 것으로 믿습니다. 돈을 위해서가 아니라 아름다운 마음으로 다져진 아름다운 세상을 위하여.

세상의 모든 사람이 간절히 원하고 노력한다면 지성이면 감천이라고 하늘이 감동해 우리에게 어떤 아름다운 기적을 선물하실지 모르기 때문입니다. 태초에 아담과 이브가 선만 아는 상태로 살다가 갔으면 우리는 죄악이란 것도 모르고 선하게만 살게되었을 테지만 어쩔 수 없이 선과 악을 양손에 쥐고 태어나고 자랐기 때문에 죄를 버리기는 참으로 힘이 들겠지만 그래도 우리를 위해, 미래를 위해 우리 스스로 버려야 하는 우리의 몫인 것입니다.

나는 어느 누구나 그 열쇠를 쥐고 있다고 생각합니다. 사람들은 나쁜 마음과 선한 마음 두 가지를 누구나 갖고 있으며 선한 마음이 나를 지배하는 것도, 악한 마음이 나를 지배하게 하는 것도 모두 사람이 조절할 수 있다고 믿기 때문입니다.

누구나 조금씩이지만 "이것은 나쁜 것이야, 이렇게 하면 안 돼"라고 알고 있으면서 그것을 제어하지 못하는 것도 사람입니다. 결국은 어느 누구나 나쁘다는 것을 알고 있다는 것입니다. 문제를 알면서 남이 하니까 그래 그건 나쁘지만 이쯤이야 하면서 합리화시켜 버리는 것도 사람인 것입니다. 선하게 하는 방법도 사람들은 모두 알고 있습니다. 작고 사소한 것부터 실천하는 것이 바로 선하게 사는 지름길인 것입니다. 세상을 바꾸는 것도 티끌같이 작은 것에서부터 시작될 수가 있는 것입니다.

태초에 세상은 말씀으로 이루어졌고, 말씀을 어긴 것에서부터 죄의 역사가 시작되었습니다. 시간이 흐르고 사람들이 많아진 만큼 죄도 지구 끝까지 퍼지고 사소한 죄들이 눈덩이처럼 불어나 감당할 수 없을 만큼 커져만 갔습니다.

보통의 사람들은 사소한 것들을 무시하고 큰 것에 그 죄를 묻습니다. 물론 큰 죄이지만 작은 것을 소홀히 한 탓에 병을 키우듯 죄를 키워나가는 것입니다. 이렇듯 우리는 그 정도쯤이야 하면서 작은 것에 신경을 쓰지 않습니다.

이런 어리석음으로 인하여 세상의 병도 죄도 스며들듯 빠르게 확산되어 우리를 괴롭히고 병들게 만들어버리는 것입니다.

나는 지금이라도 늦지 않았으니 작은 것부터 고쳐 나가기를 바라고 있습니다. 나의 이런 생각은 그냥 단순한 지금의 생각이 아닙니다. 나에게 수많은 말씀과 사랑을 해 주신 분을 뵈면서 느끼고 생각한 것입니다. 언제나 그분의 말씀은 현재가 아닌 미래를 말씀하셨고, 상징적이기도 했고, 짧은 내 마음넓이로는 받아들이기가 넘치는 과분한 것이었습니다. 그분의 말씀을 듣고 혼자서 수많은 생각과 생각 끝에 나온 생각입니다.

나는 그분을 통해서 내 속에 악한 악녀가 있음을 알게 되었고, 자신을 둘러싼 수많은 보이지 않는 세상이 있음도 알게 되었습니다. 나를 힘들게 했던 병마도, 내 눈에 보이는 귀신도 그 원인이 있음을 알게 해 주셨으며, 부족한 나를 이 세상에 살게 해 주신 이유도 알게 해 주셨습니다. 내가 감히 넓은 세상을 향해 내 생각과 내 부족한 삶을 내던지는 것도 어쩌면 피할 수 없는 내 운명의 한 부분인지도 모릅니다.

아주 작은 세상의 한 부분을 이루고 있는 나라는 존재. 이 작은 나의 생각의 표현이 우습게 되어 버릴지, 내 부끄러움을 더 보태는 것이 될지 나는 모릅니다. 행복을 갈망하는 인간의 끊임없는 몸부림에 대한 나의 생각이 해답이 될지는 알 수가 없습니다. 사람들이 나를 보고 손가락질을 하며 피식 웃어버릴지도 모르지만 나는 심각합니다.

없는 돈을 투자해서 이익도 되지 않는 일을 한다고 말도 안 되는 것에 마음을 쏟는다고 할 수도 있을 것입니다. 나의 유일한 바람은 한 사람이라도 나의 생각과 공감되는 부분이 있어서 자신들의 인생에 조금이라도 도움이 된다면 그것으로 만족할 것입니다.

세상에 태어나서 거지처럼 살다가 비참하게 죽게 될지는 아무도 모를 일입니다. 누구든지 태어나서 행복하게 살고 싶어 하지만 그것이 마음만큼 되지 않는 것도 인생입니다. 내 인생이 행복했다고 즐거웠다고 말할 수 없습니다. 앞으로의 나의 인생이 어떻게 바뀔지 나는 모릅니다. 다만 이것이 나의 책임이라면 그것으로 만족하고 싶습니다.

지금의 나는 나 하나 먹고 살기에도 급급하면서도 세상의 모든 것을 걱정하고 세상 모두가 행복해지기를 바라고 있습니다. 남들이 그것을 보고 비웃겠지요. 저 먹고 살기도 제대로 못하는 것이 무슨 남의 걱정이냐고, "너나 잘 하세요" 라고 하겠지요.

그렇지만 내가 세상에 살게 된 이상 개똥밭에 굴러도 이승이 낫다고 하는 말이 있는 것처럼 이렇게 더러운 곳에 살더라도 이승에 살게 해주신 감사를 나는 무슨 방식으로라도 해야 합니다. 그것이 나의 책임이며 숙제인 것이기 때문입니다.

지금 행복하고 충만하다고 해서 미래가 행복할지는 아무도 모릅니다. 아이를 키우는 부모는 자신의 아이가 마냥 행복한 삶을 살기를 바라고 또 바라며 아이가 자라서 불행하게 되리라고 상상하지 않습니다. 하지만 보이지 않는 세계와 부모를 닮아 태어난 아이는 부모의 바람과 달리 거짓말도 하고 부모의 마음을 상하게 만듭니다.

보통은 아이는 순수하게 태어나지만 자라면서 잘못 배워서 그렇다고 생각합니다. 하지만 그것이 아닙니다. 아이는 대대로 내려오는 부모의 조상으로부터 또 부모의 생각과 마음을 그대로 물려받고 태어납니다. 아이의 마음속에는 보이지 않지만 그 씨앗을 품고 태어나는 것입니다. 그래서 자라면서 도둑질도 하고 거짓말도 하는 것입니다. 콩 심은데 콩 나고 팥 심은데 팥 나는 이치인 것입니다.

그래서 부모가 좋아야 좋은 자식이 나오는 것입니다. 만약 내 아이만큼은 세상의 빛이 되고 모두가 존경받는 사람으로 키우고 싶다면 자신부터 남을 존경하는 사람이 되어야 하는 것입니다.

사람들은 좋고 행복할 때는 삶에 대한 회의나 고민을 하지 않습니다. 영원히 행복할 것처럼 편안해 합니다. 하지만 좋을 때일수록 삶에 대해 내 생활 방식을 항상 점검하고 뒤돌아 보아야 합니다. 안전은 안전할 때 지키는 것처럼.

불행의 원인들은 언제나 우리의 주변을 먼지처럼 날아다닙니다. 불행의 먼지들은 행복할 때 조금씩 자신의 잘못된 행동과 말을 먹이삼아 눈덩이처럼 커져 나중에는 불행의 원인자가 되는 것입니다. 사람들은 미처 그것을 알지 못해 왜 내게 이런 일이 일어나는지 분노하고 서러워합니다.

나는 지금 행복해하는 사람도 불행해하는 사람도 모두 양손에 떡을 쥐듯 불행과 행복을 거머쥐고 있다고 생각합니다. 행과 불행은 모두 나의 행동과 말과 마음가짐으로 선택이 되는 것입니다.

앞으로는 선한 마음이 이겨내서 지금은 힘이 들지라도 행복과 기쁨을 거머쥐는 사람들이 많아지길 간절히 바라고 있습니다.

나는 이 글을 쓰면서 많은 생각을 했습니다. 지금 나의 생각이 이 세상에 도움이 될지 아니면 허공에 맴도는 바람이 되어버릴 것인지, 아직도 역겨운 내 삶의 방식으로 이런 엄청난 내 생각을 책으로 만들어도 되는 것인지 내 삶을 돌아보기도 했습니다.

하지만 나의 외침이 좋은 세상이 되기 위한 것이 된다면 얼마나 좋을까 생각했습니다. 부디 자신을 잘 다스려 좋은 세상이 되기 위해 노력하는 사람이 많아져 지금보다는 더 나은 세상이 되기를 간절히 바랍니다.

아름다운 세상을 원하는 사람들이 많이 있을 것입니다. 나는 아름다운 세상이 반드시 올 것이라고 믿는 사람입니다. 사람들 모두의 마음이 아름다워지는 날, 이 세상은 상상도 못할 만큼 아름다워질 것입니다. 그곳은 고통도 아픔도 없이 모두 행복해

할 세상일 것입니다.

그럼 아름다워진 미래를 상상해 봅시다.

울타리가 없는 세상, 밖으로 나가도 내 집처럼 편안하고, 누구나 다 내 가족처럼 따뜻하고 믿을 수 있는 세상, 누구라도 내 아이처럼 내 아이를 돌봐주고, 어려운 사람이 있으면 서로가 도와주려 애쓰며, 도둑도 성폭력도 따돌림도 없는 세상, 서로가 서로의 마음을 이해하려 애쓰며 서로 존중하며 사랑하며 아껴주는 부부, 가족, 그리고 이웃.

이런 아름다운 세상을 상상해 보세요. 좋기야 하겠지만 재미가 없겠지, 그건 불가능해 라고 생각하십니까?

모두가 꿈만 꿀뿐, 시작도 해보지 않은 일이지요. 꿈은 꿈이 아니라 현실이 될 수 있습니다. 우리 모두의 노력에 따라 우리 아이는 우리가 상상할 수조차 없었던 아름다운 세상에서 살고 있을지도 모를 일입니다.

지금은 어렵지만 서서히 나를 바꾸고 생각과 마음을 변화시키면 충분히 가능하리라 믿습니다. 아무리 좋은 말을 많이 들어도, 좋은 옷을 보고, 좋은 음식을 보아도 실천하지 않고 입지 않고, 먹지 않으면 내 것이 될 수 없는 것처럼 이제는 실천해야 되는 시대입니다. 꿈을 현실로 만드는 길 실천, 지금부터 시작해 봅시다.

욕심 버리기, 겸손하기, 서로사랑하기 등등 좋은 줄은 알지만 지켜지지 못한 실천들입니다. 하지만 분명히 방법이 있고 하면 할 수 있는 것들입니다. 이미 실천하고 계신 분들도 많이 있을 것이고, 보이지 않는 가운데 분명히 그런 사람들이 있을 것입니다. 하지만 이런 분들이 많아져야 될 것입니다. 저는 세상사는 모든 사람이 그 가능성이 있다고 믿는 사람입니다. 지금부터 시작해 봅시다.

사랑에 대하여

사랑이란 말을 사람들은 좋아합니다.

진정한 사랑이란 모두 다에게 치우침 없이 골고루 가는 것입니다. 내 것이니까, 내 아이니까 가 아니라 누구에게라도 골고루 주는 것이 진정한 사랑입니다. 항상 상대를 생각하고 상대의 기준을 보고 그것에 맞추는 것입니다. 사랑은 말하지 않아도 느낌으로 눈빛으로 아는 것입니다.

그리고 알았습니다. 그 어떤 종류의 사랑이라도 사랑은 상대의 마음을 읽고, 상대가 좀 더 나은 사람이 되도록, 발전할 수 있도록 해 주는 것임을 알게 되었습니다.

사랑은 쉬운 것 같지만 참으로 어려운 것 같습니다. 어렸을 때부터 내 것만 사랑하고 내 가족, 내가 사랑하는 사람만 사랑하라고 배워왔던 터라 모두를 사랑하는데 인색하고, 상대의 마음을 알고 맞추기가 너무나 힘들었습니다. 사람을 사랑하고, 세상을 사랑하고, 자연을 사랑하는 사람이 되려고 진심으로 노력한 적이 없습니다. 아마도 진정한 사랑을 온전히 알지 못했기 때문이었을 것입니다.

지금은 조금은 알 것 같습니다. 나는 참으로 행복한 사람이었습니다. 진짜 사랑을 받았기 때문이지요. 진심으로 울어 주시고, 진심으로 나은 사람이 되도록 애써주시는 분께 정말 많은 사랑을 받았습니다.

사랑은 오로지 마음이었습니다. 눈에 보이지 않지만 확연히 느껴지는 그 마음. 온 몸으로 느껴지는 진한 사랑의 깊이를 잊을 수가 없습니다. 진실한 사랑은 말로 하지 않아도 느낄 수 있습니다. 진심으로 나를 걱정하는지, 나의 마음을 읽고 있는지 알 수가 있습니다.

그것을 알면 절대 사랑하는 사람의 마음을 거역할 수 없습니다. 참된 사랑을 잊지 못하게 됩니다. 그것이 사람입니다. 욕심과 사랑은 다른 것입니다. 때로는 나의 욕심으로 남을 사랑한다고 착각할 때가 있습니다.

난 널 사랑해하면서 상대를 구속할 때도 있고, 상대의 허물까지도 감춰줄 때도 있습니다. 상대를 위해서 라고 말을 하며 상대를 이용하는 사람도 있습니다. 내 이익을 위해서 나의 기준으로 상대가 맞춰주기를 바라면서 이것이 사랑이야 라고 하는 경우도 있습니다.

그것은 진정한 사랑의 모습이 아닙니다. 참된 사랑은 상대를 편하게 하고, 상대의 마음을 읽으며, 진정으로 상대가 좋은 사람이 되도록 도와주는 것입니다.

사랑은 쉬운 것 같으면서 어려운 것입니다. 때로는 상대를 위해 채찍도 감수해야 되며, 상대가 순간적으로 아파하더라도 상대의 장래를 위해 본인이 아파할 때도 있으니까요. 그래서 진정한 사랑은 힘든 것입니다.

참된 사랑은 치우침이 없이 골고루 가는 것입니다. 마음에서 우러나는 깊은 사랑은 하기도 어렵고 받기도 어렵습니다. 너무 내 것에, 내 가족에, 내 친구, 너무 나의 것에 익숙해져버린 잘못된 사랑 때문에 참 힘이 드는 것이 사랑이기도 합니다. 자칫 이기적인 사랑이 되어 버려 자신의 아이에게 주는 것은 당연한 것이라 받아들이게 되고 그것을 잘못이라 생각하지 않습니다.

모두가 내 아이만 최고라고 가르치며 그것이 최고의 사랑법이라 생각합니다. 그래서 무엇이든 최고로 키우려고 온갖 노력을 기울입니다. 내 아이의 잘못도 남의 탓으로 돌립니다. 누구 때문에 라는 말을 많이 합니다.

우리는 이런 사랑에 이미 익숙해져 버렸습니다. 사랑을 주기보다 받기를 원하고 확인하려 애씁니다. 이것은 이미 사랑이 아닙니다. 굳이 말로 하지 않아도 느껴져야 하고, 의심하기보다 믿으려 애쓰고, 서로 노력하며 사랑하는 사람을 존중하고 소중히 여겨야 하는 것이 사랑입니다.

그런 존경의 바탕 위에 사랑이 이뤄져야 진정한 사랑을 유지할 수 있는 것입니다. 무엇이든 노력 없이 이루어질 수는 없습니다. 사랑도 상대의 기준에 나를 맞추며 끊임없이 노력해야 이루어질 수 있는 것입니다.

노력하지 않고 상대가 해 주기를 바라는 것은 이미 사랑이 아닙니다. 사랑을 해 달라고 상대만 바라볼 것이 아니라 내가 먼저 손을 내밀고 사랑을 실천해야 합니다. 사랑하면 상대에게 한 없이 주고도 또 주고 싶어지는 것입니다. 상대가 행복해하면 같이 행복해하고, 같이 슬퍼하고, 같은 마음이 되어가는 것이 사랑입니다. 참으로 어려운 것이 사랑인 것 같습니다. 사랑한다는 말을 많이 하고 살지만 사랑만큼 어려운 것도 없는 듯합니다.

세상을 가장 후회 없이 살았다고 생각하며 행복했던 순간을 얘기해 보라고 하면 대부분의 사람들은 가장 사랑받고, 사랑했던 순간이라고 얘기합니다. 가족과 사랑하고 연인과 사랑하고 사랑을 나누던 행복한 순간을 잊지 못합니다.

세상의 드라마를 보아도, 노래를 들어도 대부분이 사랑 이야기입니다. 많은 사람들이 사랑 받기를 원하고, 사랑하기를 원합니다. 사람들은 내가 사랑하는 것만 사랑합니다. 내 자식만, 내 가족만.

그동안의 사랑은 이기적인 사랑이었습니다. 하늘의 태양이 모두에게 골고루 비추듯 사랑도 그런 것이 되어야 합니다. 모두를 사랑하는 사랑, 어린 아이 같은 사랑이 아니라 어른 같은 성숙한 사랑을 해야 될 때입니다.

사람을 대할 때도 사랑하는 마음으로 모두를 사랑하고, 주고도 아깝지 않다고 또 주고 싶어 하는 사랑, 한 쪽으로 치우치지 않고, 질투하지 않고, 사랑을 받지 않았다고 서운해 하지 말며, 자신을 사랑하듯 남의 마음까지 배려하는 사랑.

우리들은 사랑을 했다고 하지만 참된 사랑을 하지 못한 사람들입니다. 일방적인 사랑, 이기적인 사랑, 치우치는 사랑만 했습니다. 사랑받지 못했다고 상대를 원망하고, 나를 사랑하지 않고 다른 사람을 사랑한다고 해서 시기하고 질투하는 어린 아이 같은 사랑만 해 왔습니다.

하지만 이런 사랑은 버려야겠습니다. 그건 사랑이 아닙니다. 나만의 이기심과 욕심이 불러온 일방적인 사랑이었습니다. 나만 사랑해 달라고 조르며, 사랑이 조금이라도 부족하다 생각되면 상대를 원망하고, 상대를 의심하고, 믿지 않는 사랑, 이건 사랑이 아닙니다.

사랑한다면 상대의 마음을 먼저 읽어 보세요. 상대의 마음에 믿음을 주고, 상대의 눈높이에 나의 눈을 맞추고, 상대를 존중하며, 소중히 여겨보세요. 어느 누구라도 그런 사람을 잊지 못하게 될 것입니다.

나의 마음을 알아주는 사람, 말하지 않아도 통하는 사람, 나를 무시하지 않고, 내 말을 귀담아 들어 주는 사람, 어찌 잊을 수 있겠습니까? 인생을 살면서 정말 보람되게 잘 살았다는 생각이 들 것입니다. 살아가면서 얼마나 사람들 마음속에 나의 사랑을 심어 두었습니까?

사랑이 비단 남녀 간의 사랑만 있는 것이 아닙니다. 부모와 자식 간의 사랑, 친구와의 사랑, 모양은 다르지만 사랑의 형태는 여러 가지가 있습니다.

사랑을 가슴속에 가득 품고 있는 사람은 사람들을 편하게 해 줍니다. 누구에게나 가족처럼, 친구처럼 온화한 마음으로 사람을 대합니다. 사랑은 태양의 햇빛 같은 것이고, 자연에 뿌려지는 햇살처럼 골고루 가야 하는 것입니다. 그것이 진정한 사랑이고, 사랑의 진짜 모습입니다.

이제는 이기적인 사랑은 버려야 할 때입니다. 이기적인 사랑으로 많은 사람들이 이성을 잃고 사랑이 부족하다고 상대를 원망하고, 사랑을 더 받으려고 서로에게 상처를 주기도 합니다. 이기적인 사랑이 원인이 되어 수많은 범죄도 일어나고, 살인도 자살도 일어납니다.

사랑을 다시 생각하고, 사랑의 방법도, 사랑의 원칙도 다시써야 합니다. 사랑이 아니면서 사랑한다고 거짓말을 하며, 사랑이라 하면서 사랑하지 않는 우리네 사랑, 다시 생각해 보아야하지 않을까요. 어긋난 사랑이 불러온 암흑 같은 세상. 사랑 하냐며 확인하는 어리석은 세상, 올바른 사랑의 재정립이 필요합니다.

사랑은 마음입니다. 온화한 마음으로 온 세상을 바라보고, 치우침 없이 골고루 가는 사랑, 마음이 하나 되고, 사랑이 하나가될 때 비로소 세계는 하나가 되는 것이고 통일이 되는 것입니다. 마음의 세계는 멀고도 가까운 것입니다. 사랑의 마음을 가질 때 비로소 가까워지고 미움과 원망을 가질 때 한없이 멀어지는 것도 마음입니다.

사랑은 마음의 세계입니다. 사람과 사람사이에 가장 필요한 것도 사랑이고, 선하고 행복한 마음을 가져다주는 것도 사랑입니다.

우리 모두가 서로 사랑하는 사람들이 되었으면 좋겠습니다.

욕심

욕심이라 하면 돈을 지나치게 많이 모으기를 바라거나, 남보다 잘나고 싶고, 최고가 되고 싶어 모든 일에 욕심을 내는 것만이 욕심이라고 생각하고 있었던 나는, '난 욕심이 없어' 라고 생각하며, 그 말씀을 남의 이야기로만 생각했습니다. 당연히 맞는 말씀이라 "맞아 욕심은 버려야 돼" 라며 맞는 말씀이라고만 생각하고, 욕심 많은 나를 당연히 돌아보지도 않았습니다. '모든 말씀에도 유익한 말씀을 하시는 분이야' 라고 생각만 하고, 내가 욕심을 버려야 되는 장본인이란 생각은 아예 하지도 않았습니다.

　나는 좋은 말씀을 들으면서도 감사할 줄 몰랐고 그 의미를 모르고 채우기만 하는 욕심 많은 나란 것을 몰랐습니다. 이렇게 통하지도 않는 나에게 말씀을 항상 진지하게 정성을 다 해서 해 주셨고 목이 아프고 입이 마르도록 하셨습니다. 나의 욕심은 그것으로 끝나지 않았습니다. 나를 처음으로 만나서서 나의 미래를 말씀해 주셨음에도 불구하고 내 욕심만으로 내 마음대로 그분의 말씀과 상관없이 살려고 했습니다.

　누구나 나의 이익이라면 뒤도 돌아보지 않고 앞을 향해, 자신이 바라는 목적을 향해 질주합니다. 그것이 권력이든 돈이든 아니면 남들이 인정해주는 이름을 알리는 자리든 자신에게 이익이 되는 것이면 무엇이든 하려고 합니다.

　그래서 사람을 사귀어도 자신에게 도움이 되는지 해가 되는지 생각하기도 합니다. 자신의 목적을 달성하기 위해 상대를 생각하는 척하기도 하고, 마음에 없는 거짓말도 합니다. 자신의 욕심을 위해 자신의 마음도 속이고, 가족도 이웃도 속입니다. 무엇이든 그것을 이용해 자신의 욕심을 채우려 합니다. 이것이 뭐가 잘못된 거냐며 반박하겠지만 욕심이란 것은 남을 이용해서 얻어져서는 안 된다는 것입니다.

　가만히 자신의 일상과 삶의 방식을 점검해 보세요. 자신의 생각만 하고 살지는 않았는지, 내가 힘들고 어렵다고 해서 타인을 짓밟으며 자신의 기쁨을 찾지는 않았는지. 세상을 가만히 들여다보면 작게는 개인에게서 크게는 권력이나 부를 가진 사람들이 자신만의 욕심으로 가득 차 있는 것을 볼 수가 있습니다. 개인이 욕심을 가질 때는 피해자가 적을 수 있지만 자신의 욕심이 권력과 손을 잡으면 그 상황은 완전히 달라집니다.

그래서 개인의 마음이 중요하다는 것입니다. 내가 권력을 가진 것이 아니니까 이까짓 욕심쯤이야 부려도 되지 않을까 하겠지요. 권력을 가지기 전에 욕심을 버리는 법을 배워야 합니다.

우리는 자라면서 은연중에 남을 이용하는 법을 몸으로 배웁니다. 아이는 자라면서 최고가 되기 위해 노력합니다. 최고가 되기 위해 수단과 방법을 가리지 않습니다. 자신이 최고가 되어야만 남들이 나를 우러러볼 거라고 생각합니다. 그런 착각을 우리는 배워왔습니다.

사람은 누구나 보이지 않지만, 큰 획이 그어진 나름 자신의 운명을 가지고 있습니다. 노력에 따라 조금씩 그 모양을 달리 하지만 큰 인물이 되는 사람이나 평범한 사람이나 그 사람의 인생은 어느 누구나 큰 획 속에 살고 있음을 살아가면서 한번쯤은 느끼게 됩니다. 아무리 개개인의 운명이 있지만, 개인을 둘러싼 세상은 나를 중심으로 수없이 나와 상관관계를 가지며 우연인 듯, 필연인 듯 인연을 맺고 살아가게 마련입니다. 그러다 보니 남과 비교하게 되고, 남들보다 우위에 있고 싶고, 더 인정받고 싶은 마음이 됩니다.

그 마음이 지나쳐 남을 짓밟더라도 더 높은 위치에 있고 싶어합니다. 그것이 모두 본인이 느끼지 못하는 욕심에서 비롯된 것입니다. 사람의 말과 행동에는 그 원인이 있고 목적이 있습니다. 많은 사람들이 자신의 욕심으로 말을 하고 행동을 할 때가 많이 있습니다. 하지만 그것을 잘 느끼지 못합니다. 자신의 말과 행동이 욕심에서 비롯되다 보면 마음에 없는 말도 하게 되고 거짓말도 서슴없이 하게 됩니다. 상대의 마음 따위는 생각도 않고 내 욕심을 위해서라면, 상대의 몸과 마음의 고통은 신경도 쓰지 않고 상대를 이용하고, 무시하게 됩니다.

하루를 반성할 때 나의 행동이나 말이 어떠했는지 가만히 생각해 보면, 때로는 내가 왜 그랬지 라고 생각할 때가 있습니다. 나의 어떤 이유나 목적을 가진 욕심에서 비롯된 건 아닌지 생각해 보아야 합니다. 이런 생각을 한 것은 내가 미처 깨닫지 못한 나의 욕심이 있지 않았을까 생각하며 나의 일상을 뒤돌아보며 느낀 것입니다.

욕심에 눈이 멀면 아무것도 보이지 않고 자신의 목적밖에 보이지 않습니다. 자신의 이루고 싶은 꿈을 가져도 그것에 욕심이 보태지면 남에게 피해도 주게 되고 자기 자신만 생각하게 됩니다. 그것은 모든 것에 적용이 됩니다. 작게는 먹는 것에, 입는 것에, 그러다 부질없는 욕망에 이르기까지.

그래서 남들보다 잘나고 싶어 비교를 하면서 나는 왜 이 모양이야 하며 욕심을 채우지 못해 마음의 병이 생기고 스트레스를 받고 병이 납니다. 욕심을 버리고 자신이 하고 싶은 일을 하고, 남들과 비교하지 않고, 자신의 맡은 일에 최선을 다하는 것이 바로 욕심을 버리는 지름길입니다.

욕심을 버리는 것의 시작은 타인을 있는 그대로 바라보고 나와 타인을 비교하지 않는 것입니다. 자신의 있는 자리가 어떤 자리든 최선을 다하고 열심히 사는 것이 곧 최고가 되는 길이 되는 것이고, 누가 봐도 모범이 되는 사람이 존경 받는 사람이 될 것이고, 삶을 후회 없이 살았다고 얘기할 것입니다.

쉬운 것 같으면서 어려운 욕심을 버리는 방법.

하지만 누구나 할 수 있는 일입니다.

겸손

익지 않은 벼는 고개를 숙일 줄 모릅니다.

나는 내 인생에 있어서 그분을 뵌 것이 내가 잘나서 그런 줄 알았습니다. 하지만 겸손하지 않은 내가 너무나 못나서 그분을 만나 뵙게 된 것이었습니다. 나는 겸손해하는 방법도 몰랐었고 배우지도 않았습니다.

책에서 배운 지식이 겸손에는 별로 도움이 되지 않았고, 흔히 자신의 학력이나, 배경 등을 알려야 남들이 무시하지 않고 대접을 해 준다고 생각하고 있었던 나에게 겸손이란 좋은 말이 비집고 들어갈 틈이 없었습니다.

겸손은 마음에서부터 시작해서 몸으로 우러나와야 됩니다. 겸손은 상대를 존중하고 존경하는 것에서 시작됩니다. 나를 숙이고 상대를 귀하게 여기고 존중해 주는 그분을 뵈면서 나는 당연히 그런 분이라고 생각했습니다. 아예 배울 생각도 없었고 떠 먹여 주시는 말씀만 받아먹는 어린 아이였습니다. 그분은 겸손을 실천해 오셨고, 겸손이 몸에 밴 분이셨습니다. 나중에는 내가 아예 겸손과 거리가 멀고, 아무리 몸으로 보여주셔도 내가 반응이 없자 그분은 너무나 힘들어하셨습니다.

내가 존경을 받으려면 내가 먼저 남을 존경하라는 소중한 말씀에 나는 귀가 멀어 들리지 않았습니다. 사람의 외모나 경제력을 보고 상대를 판단해 왔던 내가 그분을 뵈었다고 한 순간에 바뀔 수는 없었습니다.

겸손은 나를 무조건 낮추는 것은 아니라고 생각합니다. 상대의 말이나 그 마음에 귀 기울이고, 상대를 무시하지 않고 존중해 주는 것이 진정한 겸손이라고 생각합니다. 무조건 상대를 두고 마음에 없는 칭찬을 하는 것도 아니고 상대의 말을 듣는 척하면서 속으로는 상대의 말을 믿지 않고, 건성으로 듣고 대답해 주는 것도 겸손은 아닙니다.

마음에 없는 말을 하지 않고 상대의 마음을 헤아리며 상대를 바라보는 것, 진심이 담긴 선물이나 말에도 소중히 여길 줄 아는 마음, 앞에서는 칭찬을 하고 뒤에서는 험담을 하는 것도 겸손은 아닙니다.

겸손한 사람은 자기를 내세우기보다 나를 돌아보고 반성하며, 내가 해야 될 말과 행동에 책임을 지는 것입니다. 이렇게 쉬운 것 같으면서도 어려운 겸손을 실천하기란 정말 어려운 것이었습니다. 나는 때때로 나를 내세우기에 여념이 없었고 남이 무슨 말을 하면 믿기보다 의심부터 먼저하고 남의 험담도 재미가 있었고, 남이 나보다 잘났다고 하면 뒤에서는 그것을 비웃었습니다.

남이 나를 인정해 주기 전에 나는 이런 사람이야 하며 고개를 들고 있었습니다. 나는 그분의 말씀을 겉으로는 "예" 라고 대답하고 실천은 전혀 하지 않았습니다. 그분을 처음 뵈었을 때 무시 보았던 것이 내가 겸손해지지 않는 이상 그 마음은 사라지지가 않았습니다. 나는 그분을 존경한다고 입으로만 했지 진심으로 존경하지는 않았습니다. 내가 느끼지 못하는 순간에도 그분은 나의 마음을 알고 계셨으며, 나의 행동, 말을 듣고 느끼고 아셨던 것입니다.

사람들은 남에게 존경받기 위해 돈을 벌고, 지식을 쌓고, 유명해지려고 합니다. 하지만 참된 존경은 그 사람의 마음에 있습니다. 물론 돈을 많이 번 사람이나, 유명한 학자, 그 외에 알려진 훌륭한 분들을 존경하는 것도 좋지만 나를 둘러싼 주변 사람들을 존경해 보면 어떨 까요? 존경한다고 해서 무조건 그 사람을 따라하는 것이 아닙니다. 그것은 모방이지 존경은 아닙니다.

존경은 상대의 말에 귀 기울이며, 그 사람이 뭘 원하는지 생각하는 것입니다. 그 사람을 잘 대접하는 것도 좋지만, 진정 그의 마음을 읽는 것도 존경의 하나입니다. 나를 내세우기 이전에 상대의 좋은 점을 보고, 그를 만났을 때 반가워하며, 상대가 준 물건도 소중히 여기며, 내 가족이상으로 그를 소중히 여기는 것입니다.

이것은 쉬운 것 같으면서 어려운 것입니다. 내 것, 내 가족, 내 친구 등등 내 것들에 익숙해진 사람들이 남의 것을 소중히 여기기는 무척 어려울 것입니다. 내가 대접 받기를 원한다면 먼저 대접해 보세요. 물건하나라도 건넬 때는 정성을 다하고, 그것을 받은 사람은 그 물건도 그 사람 대하듯 소중히 여기는 마음 그것이 겸손해지는 지름길인 것입니다.

겸손해진 사람은 상대의 말을 듣고도 비웃지 않으며 들은 말을 깊이 새겨보고 그 사람의 마음을 한 번 더 생각해 보는 사람입니다.

내게 겸손은 참으로 어려운 것이었습니다. 자꾸만 내 속의 나는 고개를 쳐들고 잘났다고, 아는 체하는 병이 아직 사라지지 않고 있습니다. 그래서 하루를 마치면 가만히 하루 일과를 생각하며 내가 아직 무엇이 부족한지 돌아보는 버릇이 생겼습니다. 다시는 그러지 말아야지 다짐하지만 지켜지지 않을 때가 많이 있습니다. 참 고약한 병이지요.

병들어도 병인 줄 모르는 병에 걸린 사람들이 많이 있는 것 같습니다. 남의 험담에 재밌어하고, 내가 남보다 잘 산다고, 남보다 좋은 위치에 있다고 남을 불쌍히 여기며 적선하듯 건네는 돈 그리고 선물, 받는 상대는 공짜라고 좋아하고, 상대의 마음을 소중히 여기는 것을 모르는 병에 걸린 사람들, 이제는 치유를 해야 됩니다. 그래야 된다고 생각합니다.

우리는 모두 병에 걸린 사람들입니다. 조금 더 낫고 조금 더 부족한 차이는 있지만, 조금씩은 병에 걸려 있는 환자들인 것입니다. 이것을 치유하기 위해서는 우리 모두의 노력이 필요합니다. 그것은 실천하지 않으면 안 됩니다. 마음을 굳게 고쳐먹고 있는 힘을 다해 노력하지 않으면 안 됩니다. 우리 모두는 할 수 있다고 생각합니다.

돈에 관해서

언제부터인지 돈이 사람을 지배하는 시대가 온 듯합니다. 돈으로 사람을 판단하고 돈이 있으면 존경받는 사회, 돈에 휩쓸려 돈에 이끌려가고 있습니다. 돈이 물거품이라고 생각하는 사람들은 별로 없습니다. 돈만 있으면 행복할 것이라고 생각하는 사람들도 많이 있습니다. 하지만 깊이 생각해보면 돈은 사람들이 편리하고자 만들어진 것이고 돈으로 인해 사람이 죽으려고 만들어진 것은 결코 아닙니다. 돈이 무서운 독약과 같은 것이 된 것입니다.

내 손에만 움켜쥐고 나눠 쓸 줄도 모르고 내 주머니에 가득 있어야 든든하고 남 줄때 쓰는 돈보다 내가 먹는 것에 입는 것에 노는 것에 펑펑 쓰면 아깝지 않은 돈, 나만의 이기심에 욕심 많은 돈으로 전락하고 맙니다.

나는 길을 걷다 돈을 보면 얼른 주웠습니다. 이름 없는 돈이라고 내 눈에 보이면 내 돈인 양 주우며 공돈 생겼다고 좋아했습니다. 하지만 그것이 얼마나 잘못된 것인지 알게 되었습니다. 내 것이 아니면 욕심내지 말아야 하고 곁눈질도 하지 말아야 하는 것임을 나는 잊고 살 때가 많습니다. 돈이란 필요할 때 있어야 하는, 최소한의 삶을 영위하는데 쓰이면 되는 것이며, 넘치지도 모자라지도 않으면 가장 좋은 것이 아닐까 생각합니다. 너무 많은 돈을 욕심내다보면 모든 기준을 돈에 두게 되고 결국 사람을 무시하는 결과를 가져올 수도 있습니다.

돈은 숫자이다 보니 계산이 됩니다. 남에게 줄때는 주고 잊어버려야 됨에도 주면서 이미 받을 것을 계산합니다. 적어도 나는 그런 계산적인 사람이었습니다, 줄 때는 받을 것을 계산하고, 받을 때는 줄 것을 계산합니다. 그래서 절대 손해 보려하지 않습니다. 생각해보면 어릴 적부터였습니다. 돈을 준다면 좋아하고 돈을 많이 벌면 좋은 사람, 출세한 사람이라고 생각했습니다. 돈이 최고인 생각을 하며 자랐습니다. 남들이 돈 돈 하면 욕심이 많다고 생각하며, 내가 돈 돈 하면 당연한 것이라고 합리화시켰습니다. 생각해보면 돈만큼 더러운 것도 없습니다. 돈으로 마음도 더러워지고 눈도, 손도 더러워질 때가 많습니다.

　돈은 칼과도 같습니다. 잘 쓰면 좋지만 잘 못쓰면 사람의 목숨과 연결되는 무서운 칼날과도 같은 것이 돈입니다. 나는 지금도 돈이 필요해 돈을 벌기 위해 일을 합니다. 나는 돈이 많은 적도 없었고 돈을 많이 벌어 부자가 되고 싶은 욕심도 없습니다. 하지만 내 마음속 깊숙이 나도 모르는 욕심으로 가득 차 있습니다. 분명 확실한 것은 내 속의 나는 돈에 민감하고, 돈을 좋아하며 욕심으로 가득 차 있다는 것입니다.

　사람들은 누구나 자신의 어리석음은 보지 않고 자신의 장점만을 보려합니다. 나는 보통 사람들과 다르지 않으며 보통사람 이상으로 욕심 많은 부분이 분명히 있습니다. 내 눈이 그것을 말합니다. 길을 걷다 보면 유난히 길에 떨어진 돈과 머릿속에서의 계산이 바로 그것입니다.

　나는 나 자신을 바로 보려 애씁니다. 아직도 나는 착하다, 욕심이 없다 착각하고 자신할　때가 많지만 그래도 조금씩 또 다른 나를 바라보며 고치려 애씁니다. 조금이라도 그래야 되니까 돈을 벌 때도 정당히 노력한 만큼 받을 수 있기를, 헛된 욕심과 바람이 내 삶의 걸림돌이 되지 않기를 간절히 바랍니다. 나처럼 헛된 욕심으로 가득 찬 사람이 분명 있으리라 생각합니다. 돈을 좋아하고 돈이 많을 수만 있다면 소원을 비는 사람도 많을 것입니다.

한번이라도 자신이 헛된 욕심만으로 돈을 벌고 있지나 않은지, 정당한 방법이 아닌 방법으로 돈을 벌고 있지나 않은지 생각해 보는 자신들이 되었으면 합니다.

돈은 정당한 방법으로 벌어야 하며 부당한 방법으로 모으는 것이 아닙니다. 헛된 욕망으로 쉬이 돈을 벌고 싶어 하는 사람이 많이 있습니다. 복권방이 생겨나고, 남을 속여서라도 돈을 많이 벌고 싶어 하는 것이 사람들입니다. 그것을 보고 부러워하고 또 노력하지 않고 돈을 벌어 편하게 살고 싶어 합니다. 아이도 어른도 돈만 있으면 무엇이든지 해결이 될 거라 착각합니다.

돈은 한 순간의 물거품입니다. 부풀려져 있다가도 한 순간에 사그라지는 물거품, 그런 물거품을 잡고 우쭐대고 좋아합니다. 많은 사람이 아직도 물거품으로 인하여 삶을 포기하기도 합니다. 이런 물거품을 가지고 영원히 권력을 가질 거라 착각도 합니다. 이렇게 가진 권력도 한 순간에 물거품이 될 수 있습니다.

가진 사람이 안 가진 사람을 불쌍히 여길 것이 아니라 노력하지 않는 자를 불쌍히 여겨야 하고 물거품을 가지고 잘 났다고 착각하는 사람을 불쌍히 여겨야 합니다. 권력도 돈도 죽음 앞에서는 물거품일 뿐이고, 죽기 전에 물거품이 사그라지기 전에 노력해도 가질 수 없는 사람들을 위해 아낌없이 주어야 합니다. 그러면 물거품으로 시작한 마음이 가슴 뿌듯한 기쁨이 되어 행복한 죽음을 맞이하게 될 것입니다.

내가 어떻게 만든 재산인데 라고 생각하십니까?

하지만 자신이 움켜쥔다고 사그라지지 않고 계속 대대손손 남아 있는 것이 아닙니다. 가졌을 때 나눠주는 기쁨. 그래요 아깝기도 합니다. 하지만 한 번 시작해 보시기 바랍니다. 그리고 힘들게 일군 재산을 감사히 받은 사람은 그것을 갚기 위해 또 다른 방법으로 돌려야 합니다. 지금 돈으로 돌려주든지 만약 그것이 되지 않는다면 열심히 살며 언젠가는 내가 하든지 내 후손이 하든 열심히 살아 또 다른 어려운 사람을 도울 수 있는 사람으로 키우는 것입니다.

경제가 어렵고 살기가 버거워 지치고 울고 있는 사람이 많이 있습니다. 나만의 욕심을 조금씩 버리면 모두 다 잘 살 수 있는 세상이 될 지도 모릅니다.

아름다운 세상!

나만 편하다고 되는 것이 아닙니다. 우리 모두의 행복, 아름다운 세상의 시작은 나눠주는데 있습니다.

성性에 대하여

사람들은 알게 모르게 이성에 관심이 많습니다. 태어나서 이성에 눈뜰 때부터 죽기 전까지. 각종 성범죄들이 판을 치고, 죄의식도 없이 성을 남발합니다.

이제는 바로잡아야 될 때라고 생각합니다. 올바른 성의식 없이는 이 세상의 변화는 기대할 수 없기 때문입니다. 부모의 허락도 없이 사람을 사귀고, 몸을 주고받고, 아무런 제재도 하지 않는 부모, 그런 사회가 요즘의 현실입니다. 남이 하니까 공공연히 유행처럼 돼버린 이성 친구, 어린아이부터 어른에 이르기까지 연

령대를 넘고, 동성끼리의 연애 등 아무도 이것이 잘못되었다고 말해주는 사람은 없습니다. 심지어 사람들이 많이 모인 종교단체에서조차도 이것이 잘못된 것이라고 말해주지 않습니다. 가볍게 생각하고 있는 성에 대한 의식이 얼마나 잘못된 것인지 알아야 합니다. 대수롭지 않게 생각한 것이 엄청난 결과를 가져온다고는 아무도 인지하지 못하고 있습니다. 돈으로 몸을 주고받고, 사랑한다며 겁 없이 서로를 원하고 가집니다.

우리 모두 그렇게 살아왔고 그것이 당연하다는 생각만 했습니다. 아이만 가지지 않으면 마음대로 성관계를 해도 된다고 말해준 사람은 없을 텐데도 표시만 나지 않으면 된다고 생각하며 아내를 두고, 남편을 두고 내 몸은 내 것이라며 서슴없이 다루고 있습니다.

잘못된 성의식이 성폭력을 낳고 아무나 보고 성충동을 느낄 만큼 성은 변하고 있습니다. 조금이라도 지각이 있는 사람은 "세상이 어떻게 되려고"라며 혀만 찰뿐입니다. 누구도 걱정만 할 뿐 세상을 원망하기만 하고 자신의 성에 대한 개념은 생각도 하지 않습니다. 누구든 자신의 사랑은 로맨스고 남의 사랑을 불륜으로 보는 것처럼 말입니다. 저도 그랬으니까요. 나의 잘못에는 관대했고 내가 하는 사랑은 대단한 것처럼 여겼으니까요. 하지만 지금은 생각이 다릅니다. 이성을 보고 느끼는 묘한 감정도 충분히 마음으로 다스릴 수 있다고 믿는 사람이니까요. 모든 일은 마음먹기에 달렸고 마음으로 조절이 가능하다는 사실을 알았으니까요.

내가 생각하는 성은 자신을 소중히 여기고 상대를 소중히 여기는 것과도 상관이 있습니다. 마음으로도 사랑을 주고받지만 몸으로도 사랑을 주고받지요. 기본적인 것은 어떤 상황에 몸을 주고받느냐는 것입니다. 간단히 생각하면 결혼 후 모두가 인정한 후에 정당하게 사랑하고 주고받아야 원칙인 것입니다. 하지만 그런 것이 쉽지 않은 것이 바로 마음이 문제라는 것이지요. 이 마음이 내 마음대로 되지 않아 엉뚱한 시기에 사람이 좋아지고 상대의 마음과는 상관없이 내 마음이 그곳으로 가게 되고 그것으로 몸도 가고 싶어지는 상황 때문에 결혼 전이나 결혼 후에도 비정상적인 사랑을 하게 되는 것입니다.

하지만 그렇다고 해서 마음이 원하는 그대로 하는 것은 위험한 것입니다. 그것이 원래 가져야 할 기본적인 인간의 마음은 분명히 아닐 것입니다. 마음이 움직인다면 내 눈을 다른 곳으로 돌리기 위해 노력을 해서 이겨내야 합니다. 사람의 마음에는 두 가지 마음이 있습니다. 비정상적인 곳으로 눈이 간다면 이겨내기 위해 열심히 노력하는 길 밖에는 길이 없습니다. 이겨내고 나면 완전히 달라진 자신을 발견하게 될 것입니다.

결혼 전 깨끗한 몸과 마음으로 있다가 결혼 후 온전히 사랑하고 살기를 누구든지 바라고 있습니다. 내가 했던 일은 잊어버리고 상대가 그렇게 해 주기를 바라면 그것은 욕심이겠지요. 아내와 남편을 소중히 생각한다면 결혼 전 내 몸과 마음을 소중히 간직하는 것도 내 책임이며 의무인 것입니다. 마음이 가는대로 따라하다가 결국 결혼 후에 내 소중한 가족을 불행하게 만드는 일은 없어야 할 것입니다.

아이가 자랄 때는 부모가 이런 교육을 시켜야 되고 성인이 되어서는 본인이 노력하는 수밖에 없습니다. 이렇게 새롭게 이성관을 만들어 나가야 합니다.

"어떻게 그래"라고 생각하는 사람도 있겠지요. 단순한 이치가 가장 훌륭한 진리이기도 합니다. 지금까지 비정상적인 사랑을 한 적이 있다면 지금부터라도 늦지 않았으니 고쳐나가도록 노력해 보면 어떨까요. 세상이 이렇게 혼란스러워진 이면에는 무심코 생각했던 성에 대한 개념이 한 몫을 했던 건 분명한 사실입니다.

무심코 생각한 단순한 성행위가 세상을 이렇게 만들었다고 생각하는 사람이 적다 보니 지금도 예나 지금이나 다름없이 성이 문란해지고 죄의식도 갖지 않게 된 것은 아닐까요.

개인적으로는 이렇게 험한 세상이 언제까지고 용납되지는 않을지도 모른다는 생각을 합니다. 만약 태초에 인간을 만든 하나님께서 공기를 없애 숨을 못 쉬게 만든다면 인간은 순간도 살지 못하고 죽게 될 지도 모릅니다. 사람끼리 죽고 죽이고, 생명의 소중함이 권력자에 따라 순식간에 파리 목숨이 되고, 무분별한 성이 세상을 뒤덮는 날을 언제까지 지켜보실 것이라고 생각하십니까? 하나님의 존재를 완전히 부정하는 사람은 별로 없을 것입니다.

저는 그런 생각을 하면 두렵습니다. 하루 빨리 우리 스스로 우리의 병들고 아파하는 세상을 고쳐 나가야 합니다. 단순히 내 생각만 하고 나 혼자 행복에 젖어 살 수만은 없습니다. 다 같이 잘 사는 세상, 깊이 생각하고 반성하며, 남이 아니라, 이 사회가 아니라 내가 해야 됩니다. 개인 개인이 변하고 노력해야 됩니다.

하면 할 수 있습니다. 그냥 웃으며 넘기는 음담패설이 사람 마음 깊은 곳에서의 성의식을 말해 주는 것은 아닐까요.

지금부터 심각하게 생각해 보고 꼭 지켜야 할 것입니다. 올바른 성의식! 당신이 먼저 해야 합니다. 지금의 성의 현실은 무조건 감출 것이 아니라 알되 어떻게 사용하느냐를 가르치는 정도입니다. 성 교육도 아이가 어떻게 생기며 성의 구조는 어떤가를 가르칩니다. 하지 말라고 하면 반발해서 더 할까봐 콘돔 사용법을 알려 줍니다. 그리고 책임을 질 수 있을 때 하라고 가르칩니다.

물론 성은 부끄러운 것은 아닙니다. 성은 인류의 기본적인 본능이고 성행위를 해야 자손을 번성시킬 수도 있습니다. 하지만 성이 소중한 만큼 그만큼 두려운 것이란 것도 알아야 합니다. 종족을 번식하는 일 외에 성이 주는 기쁨이 있습니다. 남녀 모두 그 달콤한 환각적인 기쁨을 겁 없이 누리려고 상대의 몸을 탐닉합니다.

비정상적인 즐거움은 불행의 씨앗이 됩니다. 표시가 나지 않는다고 함부로 남발하는 것이 얼마나 미련스러운 것입니까? 몸으로 표시가 나지 않는다고 해도 이미 저지른 마음은 어떻게 될까요? 세상에 비밀은 없습니다. 이미 몸으로 저지르고 마음으로 기록되어진 것이 영원한 비밀이 될 수 없습니다.

이러한 비정상적인 성행위의 시작은 어렸을 때부터의 교육에 있습니다. 6,70년대의 교육은 성을 더러운 것, 수치스러운 것으로 교육을 시켜왔습니다. 지금은 그런 교육은 시키지 않지만 성을 자유롭게 만드는 환경을 만들어 줍니다. 성을 책임질 수 있을 때 하라고 하면서 자유연애를 하도록 권하기도 하고 당연히 연애를 하라고 부추깁니다.

성에 대한 감정은 남녀가 같이 있을 때 자연스럽게 느껴집니다. 누구나 성에 대한 본능은 아기 때부터 느끼게 됩니다. 남녀가 이성에 호감을 느끼고 본인과 다르게 생긴 이성을 보고 의아해 하기도 합니다.

아기 때 이성을 보고 눈을 깜박이며 좋아하면 어른들은 그것을 보고 웃기도 하고 인기가 있네 하며 재밌어합니다. 그리고 유치원생이 되면 이성 친구가 없냐고 물어 보기도 합니다. 성에 대해 무분별한 아이에게 자연스레 이성과 관계를 맺도록 합니다.

물론 성에 대한 호기심을 풀어 주는 것도 좋지만 자유연애를 하도록 권해서는 안 됩니다. 성을 무분별하게 남발하지 말라고 하면서 환경을 조성하는 자유연애를 권하고 아이가 손을 잡아도 재밌어하고 심지어 볼에 입 맞추라는 사람도 있습니다.

생각보다 아이의 성에 대한 관심은 아주 어렸을 때부터 시작합니다. 시키지 않아도 자신의 몸에 관심을 가지고 야한 장면에 마음이 흔들리고 이성을 좋아하는 마음이 생깁니다. 이것은 어쩔 수없는 감정입니다.

하지만 부모는 아이에게 이런 감정은 본능이니 어쩔 수 없다 하여도 이성과 손을 잡거나 마음이 흔들려서는 안 된다고 가르쳐야 합니다. 상대의 몸이 소중한 만큼 지켜줘야 한다고 가르치긴 하지만 연애결혼을 막지는 않습니다. 연애결혼이 나쁜 것은 아닐지 몰라도 남녀가 같이 있다 보면 손을 잡고 싶어지게 되고,

키스도 하고 싶어집니다.

이런 감정을 억누르기란 참 힘이 듭니다. 사람이라면 이런 감정을 누르며 살기가 힘들다는 것을 누구나 다 알고 있을 것입니다. 무조건 막으려 하면 힘이 들 것이고, 사람의 기본은 이성을 가지고 사람답게 사는 것이 진정한 사람이고, 분별없이 동물적인 감정을 남발하는 것을 죄라고 알려 주어야 합니다.

나이가 들고 어른이 되면 나의 소중한 짝이 나타날 것이고 그때 소중한 사람과 아름답게 나누는 사랑이 진정한 성에 대한 사랑임을 어렸을 때부터 강조해야 합니다.

이것은 아무리 강조해도 부족하지 않습니다. 사회가 인정하고 부모가 인정하는 결혼을 한 이후에 하는 성에 대한 사랑. 이것이 인간이 인간답게 사는 유일한 길이란 것을 우리는 잊고 살았습니다.

만약 지금까지 무분별한 성을 남발하며 살았다 해도 지금부터라도 올바른 성을 행하기를 바랍니다. 세상의 죄를 보면 대부분 이성 문제, 아니면 돈과 권력의 문제입니다. 대수롭지 않게 생각한 성의식. 비단 아이들만의 문제가 아닙니다. 지식을 가진 어른도 권력을 가진 어른들도 다시 생각해 보아야 할 것입니다.

성폭력이 단순한 쾌락의 성이 얼마나 이 세상을 어지럽혔는가를 다시 한 번 돌아봐야 하지 않을까요. 몸은 마음의 집입니다. 자신의 집을 아름답게 가꾸는 것처럼 자신의 마음의 집인 몸도 아름답고 깨끗하게 가꾸는 사람이 얼마나 아름다운가요?

거짓말

거짓말은 무엇을 숨기기 위한 시작입니다. 하고도 하지 않았다고 하고, 약속을 하고 지키지 못하는 것도 거짓말입니다. 거짓말은 자신의 죄를 숨기거나 수치스러움 내지는 자신의 정당화, 합리화의 시작입니다.

우리는 살면서 얼마나 많은 거짓말을 하고 살까요? 습관처럼 되어 있는 거짓말의 세계에 빠져 있지는 않으십니까? 말을 하면서, 속마음과는 다른 말을 하고, 표정으로 감추고, 나만의 욕심에 아무 거리낌도 없이 거짓을 말하고 있지는 않으십니까? 누구나 한 번쯤은 거짓을 말하고 살았을 것입니다. 나의 이기심으로 속마음과 상관없이 사람을 사귀고, 내 이익만을 위해서 친절을 베풀거나 하는 것 말입니다.

진실한 세상이 아님을 탓하기 이전에 내가 진실한 사람인가, 거짓을 말하는 사람이 아닌가 생각해 보아야 합니다. 참 어렵지요. 나는 거짓말을 참 많이 하는 사람입니다. 고치려 노력하지만 몸에 밴 거짓은 참 벗어나기가 힘이 들더군요. 한 순간의 말도 거짓일 때가 많습니다. 예를 들면 남에 대해 무슨 얘기를 듣고 나면 그 말을 옮길 때 내 생각을 보태서 거짓을 말할 때가 있습니다. 그래서 똑같은 말도 와전이 되어 완전히 다른 말로 옮겨지는 경우, 본인은 모르지만 그것은 바로 거짓을 얘기하는 것과 같이 되는 것입니다. 그리고 지키지 못하는 약속도 거짓말입니다.

어쩔 수 없이 지키지 못 할 때도 있지만 지키도록 노력한다면 못 지킬 것도 없는 약속을 임기응변 식으로 덜렁 해버리는 약속 말입니다.

아예 지키지 못할 약속이라면 "그렇게 해 보도록 해 보지만 장담은 못합니다."라고 하는 편이 훨씬 낫겠지요. 이렇듯 일상에서 겪는 일들이 거짓의 연속이라고 생각하지 못하는 사람이 많을 것입니다. 집에서도 우리는 거짓말을 많이 합니다. 당신만을 사랑해 라며 마음에 없는 말을 하는가 하면, 난 어렸을 때 공부 잘했어 하며 아이에게 공부를 강요하는 경우도 있지요.

난 참 솔직해 라고 하지만 누구도 완전히 솔직한 사람은 별로 없습니다. 우리가 모르는 사이 거짓이 몸에 배어 거짓도 거짓인 줄 모르고 살아가기 때문에 이 세상은 온통 속이고 속는 것입니다.

나의 거짓은 인식하지 못하고, 남이 나를 속였으면 그것에 화를 내고 어떻게 그럴 수 있냐며 화를 냅니다. 나는 무심코 거짓말을 참 많이 했습니다. 지금까지의 삶이 그러했으며 지금도 노력은 하지만 고쳐지기가 힘이 듭니다. 거짓으로 가득 차 너무나 몸에 배어 버린 탓이겠지요.

거짓이 너무나 많이 퍼져 나를 속이기도 하고 남을 속이기도 합니다. 물건을 사다보면 좋은 것은 위에 있고 아래는 별로 좋지 않은 물건을 넣어 두는 경우도 있지요. 물건을 팔면서 사실 그대로를 바라고 사는 사람도 없지만 사실 그대로 파는 사람도 드뭅니다.

어쩌다 이렇게 변했을까요. 그래서 공짜를 좋아하는 사람이 많은 가 봅니다. 나 역시 다르지 않아 공짜를 참 많이 좋아합니다. 지금은 공짜를 바라지 않으려고 무척 노력하지만 공짜의 유혹이 아직도 싫지만은 않은 것은 내 노력의 부족함이 아닐까 생각합니다.

공짜는 물건이나 사람을 소중히 여기지 못하게 만드는 묘한 힘이 있습니다. 공짜의 이면에는 속임수가 들어 있는 경우가 많습니다. 공짜라고 하지만 자세히 들여다보면 목적이 있는 경우가 많이 있습니다. 공짜를 받으면 쉽게 그것을 쓰게 됩니다. 소중히 여기는 마음을 무디게 만들지요.

그래서 공짜는 위험한 것입니다. 공짜로 사람을 끌기보다 속이지 않고 물건을 팔고, 또 물건을 산 사람은 그 물건을 만든 정성을 생각하며 사용하거나 먹을 수 있게 된다면, 만드는 사람도 먹는 사람의 마음을 생각해 모양보다는 질을, 공짜의 속임수나, 뭘 넣어 보기 좋게 만드는 속임수보다는 정직한 마음으로 팔고 산다면 얼마나 좋을까요.

공짜는 위험한 것입니다. 이제는 공짜라면 나를 병들게 만드는 것이라 생각하며 되도록 공짜를 멀리 하는 것도 이 사회를 바꾸는 방법이 되는 것입니다. 아주 조금이라도 대가를 치르고 공짜를 멀리 하는 것도 좋은 방법이겠지요.

거짓은 거짓을 낳고, 부끄러운 나를 더욱더 수치스럽게 만들어 버립니다. 지금까지의 내가 거짓이었고 살아가는 방식이 잘못된 것이라면 지금이라도 늦지 않았으니 포장지로 감춘 거짓을 드러내고 또 과감히 버리십시오. 그러면 한결 편안해질 것입니다.

처음의 거짓말은 양심의 가책이 되고 그것 때문에 괴로워하지만 나중에 보태지는 거짓은 본인도 착각할 만큼 당연한 거짓이 되어버립니다. 지금은 남의 거짓을 탓할 때가 아닙니다. 자신에게도 거짓되었던 과거가 분명히 있을 것입니다. 내가 먼저 진실하려 노력하고 거짓을 버려야 남도 거짓을 버리고 진실해질 것입니다.

그리고 공짜의 유혹도 멀리해야 합니다. 물론 공짜를 싫어하는 사람은 없지만 완벽한 공짜도 없기 때문입니다. 공짜를 받는 사람은 기분이 좋겠지만 공짜라고 유혹하는 사람의 마음에는 공짜가 없습니다. 우리는 너무나 남의 것을 탐내는 마음을 많이 가지고 살았습니다.

남의 것은 개똥 보듯 하라 라는 말이 있습니다. 이것은 남의 것을 천하게 여기라는 말은 아닙니다. 그만큼 공짜를 바라지 말라는 말입니다. 고생하지 않고 얻은 이익은 오래가지 못하고 노력하지 않은 성공은 쉽게 무너질 수 있습니다. 갑자기 굴러오는 복은 없습니다.

세상의 이치에는 원인이 있고 결과가 있습니다. 복을 받으려면 보이지 않는 가운데 끊임없는 노력이 있어야 하고 그 노력의 결실로 요행처럼 기적 같은 행운이 뒤 따라오는 것입니다.

우리가 사는 세상이 거짓보다 참되고 아름다운 마음이 많았다면 이렇게 허물어졌을까요? 노력 없이 잘 살기만 하려고 남의 것을 훔치고, 항상 적자라는 회사는 건물이 점점 커져만 가고 거짓으로 점철된 사회는 남을 이용하는 거대한 도박판과 다를 바가 없습니다.

네가 아니라 나부터 바로잡아 조금씩 바꿔가면서 노력 위에 얻은 아름다운 세상이 되기를 간절히 바랍니다.

거짓된 세상은 부끄러운 우리의 자화상입니다.

아이

　나는 자식이 없습니다. 자식이 없으면서 아이를 얘기하는 자체가 모순이지만 아이가 없다보니 아이가진 부모를 이해하지는 못하지만 좀 더 객관적으로 보는 눈이 생긴 것 같습니다.

　내게 아이가 없으리라곤 생각도 못했습니다. 하지만 내게 아이가 없는 편이 다행이라고 생각할 때가 많습니다. 아이는 부모를 닮아 태어납니다. 아이를 보면 부모가 보이고, 가정환경이 보입니다. 나를 보면 아이를 낳지 않은 것이 잘한 거란 생각이 듭니다. 아이를 낳는 것만 부모가 아니라 잘 키우는 것 또한 부모의 몫

이기에 부모 되기란 참 어려운 것이라 생각합니다.

아이는 부모의 소유물이 아닙니다. 아이가 잘 자랄 수 있게 도와주는 것이 부모입니다. 부모를 닮아 태어나기는 하지만 어떻게 키우느냐에 따라 아이는 많이 변합니다. 거짓을 말하면 진실을 말하게 교육해야 되고, 아이의 마음을 읽으려 노력하면서 정성을 다해 키워야 합니다. 아이는 부모의 잘못을 싫어하면서도 본인도 모르게 부모를 닮아 가게 됩니다.

올바른 아이를 키우는 것은 학교의 몫이 아닙니다. 기본 바탕은 부모입니다. 대부분의 부모들은 "우리 아이는 착한데 친구를 잘못 만나서 아이가 잘못됐다"라고 말합니다. 진짜 진주는 진흙탕 속에 있어도 변하지 않습니다. 물론 친구의 영향을 전혀 안 받을 수는 없겠지요. 하지만 마음의 중심은 부모의 정성에 따라 아이의 마음도 변한다는 것입니다. 아이는 부모의 깊은 사랑의 채찍이면 아파하면서도 사랑을 느낍니다.

그 마음은 통하게 되어 있기 때문입니다. 아이는 부모의 행동, 습관 모두 따라 합니다. 아이 때는 부모가 삶의 거울이며, 교과서입니다. 아이가 자라 숟가락을 잡을 수 있으면 스스로 먹을 수 있도록 도와줘야 됩니다. 아이가 스스로 일어날 수 있게 독립적인 인격체가 될 수 있게 도와줘야 합니다. 아이도 스스로 생각도 할 줄 알고, 스스로 뭔가 하려는 노력도 합니다. 올바른 생각을 가질 수 있게 도와주는 것도 부모의 책임입니다.

아이는 어려서부터 성에 관심을 가집니다. 지식적인 교육 없이도 본능적으로 관심을 가집니다. 올바른 성은 결혼 후에 이루어진다고 가르쳐야 됩니다. 결혼 전 이성을 만나고 성관계를 하는 것은 죄라는 것을 가르쳐야 합니다.

남의 것을 탐내는 것도, 갖고 싶어 마음을 두는 것도, 정당한 노력 없이 받는 이득도 잘못된 것이라는 것을 알려 주어야 합니다.

남에게 도움을 받기보다 도움을 줄 수 있고 베푸는 즐거움을 보여주고 알려주어야 합니다. 몸이 건강한 아이도, 공부 잘하는 아이도 중요하지만 사람을 귀중히 여기며, 사람에 관계된 것 또한 소중하게 여기며 마음 넓이가 최고가 되게 가르쳐야 됩니다. 부모는 아이에게 한없이 주려고만 합니다. 대부분의 사랑의 표현은 물질을 주는 것으로 나타납니다.

하지만 마음으로 사랑하고 귀하게 여기며 때로는 채찍도 줘야 합니다. 정성으로 키운 아이는 절대 어긋나지 않습니다. 아이가 힘이 없을 때는 해주고, 성장하고 나면 주지 말아야 합니다. 너무 주려고만 하면 빚지는 자식이 됩니다.

자식에게 너무 받아도 안 됩니다. 자식이 항상 부모에게 보고하고 비밀 없이 만드는 것도 부모의 책임입니다. 부모도 자식에게 너무 욕심을 부리고 악하게 하면 죄가 됩니다. 남의 자식도 내 자식처럼 생각하고 대해야 됩니다.

자식 또한 부모의 말이 옳으면 듣고, 잘못 되면 듣지 말아야 합니다. 자식은 강하게, 선하게, 책임감 있게 키워야 됩니다. 일을 시켜도 그 정당한 대가를 주고 노력한 만큼 대가를 주어야 합니다.

이렇게 건강하게 자란 아이는 어른이 되면 부모에게 잘 키워주셔서 감사하다고 말할 줄 아는 아이가 됩니다. 더 이상 받는 아이가 아니라 베풀고 부모에게 감사하고 돌려줄 수 있는 감사하는 어른이 될 것입니다. 이런 어른이 많아지면 세상은 자연스레 밝아질 것이고, 지금처럼 병든 세상을 치유할 줄 아는 성숙한 사람이 많아질 것입니다.

이렇게 한 사람의 올바른 인격체로 키우는 것이 결코 쉽지 만은 않을 것입니다. 그러기에는 먼저 내가 변해야 되고, 나 자신이 올바르지 않으면, 내 자식 또한 올바르게 키우기가 힘이 들것이니 말입니다. 갑자기 세상이 바뀌지 않습니다. 한 걸음, 한 걸음 내딛는 방법밖에는 도리가 없을 테니 말입니다.

공든 탑은 무너지지 않습니다. 나는 이 세상에 태어나 나를 이 세상에 보내 주신 부모와 나의 생각을 변화시켜주신 분을 만났습니다. 비록 실천하지는 않았지만, 나를 자식 이상으로 사랑해

주신 그분의 정성을 알고 있습니다.

육신을 주신 부모가 아니어도 그 깊은 사랑을, 부족한 나도 느끼고 있는데 그것이 자신의 부모라면 어찌 자식이 느끼지 않을 수 있겠습니까? 정성으로 다듬고 키운 자식이라면 절대 세상에서 손가락질 당하는 사람이 되지 않을 것이며, 사회의 일원으로 보탬이 되고, 남에게 존경받고, 인정받는 건강한 어른이 될 것입니다. "내가 어떻게 키운 자식인데" 라고 생각하며 자식에게 실망하는 경우가 있습니다. 늦었지만 뒤돌아 생각해 보세요. 분명히 그 원인이 나에게 있을 수도 있습니다.

나만의 이기심에, 나의 못 이룬 꿈의 분신으로, 아니면 그냥 돈으로만 키운 자식이 아닌지, 아이의 마음은 생각도 않고 나의 생각만으로 자식을 키운 것은 아닌지 생각해 보면 그 해답이 나올 것입니다.

지금이라도 다 자란 자식이지만 마음을 다해 자식을 대하며 그 마음을 읽어 보세요. 부모의 마음을 자식은 알지도 모릅니다. 무언가 삐뚤어지고 서로의 마음에 상처를 입혔다 해도 만나서 대화할 수 있으면 그 해결책이 나올 것입니다.

그 어려운 부모의 자리가 내게는 어울리지 않을지도 모릅니다. 그래서 내게는 주어지지 않는 행복한 자리지만 지금은 그것이 참 다행이라 생각합니다. 세상의 누구라도 결혼하고 아이가 생기고 행복하게 살기를 원합니다. 행복의 이면에는 책임이 따르고 그에 따른 노력도 함께 해야 됩니다.

아이가 생기면 부모는 아이가 자신의 분신이라 생각하며 아이를 위해 부부가 한 마음이 되어 최선을 다합니다. 내 아이가 남의 아이보다 좀 부족하다 싶어 비교를 하고 남의 아이보다 더 좋은 환경을 만들어주려 애씁니다. 그래서 먹는 것도 입는 것도 최고를 고집하는 부모도 있습니다. 그렇지 못한 부모는 그것 때문에 속상해합니다.

공부를 해도 운동을 해도 뭐든 남의 아이보다 최고이길 바랍니다. 그래서 아이에게 부모의 욕심을 강요하고 타고 나지 않은 머리를 두고 넌 왜 이리 못하냐며 화를 냅니다. 공부를 잘 하는 아이는 아이대로 부모의 칭찬과 자신의 뿌듯함이 보태져 죽어라 공부를 합니다. 그러다 그것에 지치면 자신의 삶에 회의를 느끼고 소중한 목숨까지 버리게 됩니다.

아이의 마음 따위는 안중에도 없고 남에게 보이기 위한 아이, 내 소원을 이루어주는 아이를 원합니다. 아이가 성장하면 출세를 위해 오로지 남의 마음은 생각도 않고 본인의 욕심으로 사람을 대하고 돈을 벌고 또 본인의 욕심으로 아이를 키웁니다.

자신의 부모들처럼 자신만의 욕심으로 자신의 아이에게만 신경을 쓰고 자신의 부모가 아이에게 피해를 주면 그것을 분노해

하며 자신에게 피해가 갈까 두려워하고, 부모의 마음을 아프게 하고 버리기까지 합니다.

우리는 행복을 갈망하면서도 불행을 향해 걸어가고 있습니다. 어떻게 사는 삶이 참된 삶인지 분명히 알고 있으면서 실천과는 거리가 멀게 살고 있습니다. 남의 탓을 하기에 바쁘고 자신 외에는 모두가 못나고 웃기는 사람입니다. 이것은 남과 내가 똑같다는 것을 보여주는 것이기도 합니다.

내 아이가 귀하다고 해서 내 집에 들어오는 식구를 천하게 여겨 감히 내 아들 딸을 넘 보냐고 우습게 여깁니다. 결국 내 소중한 손자가 가장 사랑하는 사람인데 말이죠.

서로가 서로를 소중히 여기고 사랑하는 마음을 가지게 해주는 가장 기본단위가 가정입니다. 내 아이가 정말 존경받고 훌륭한 사람이 되게 하고 싶다면 돈이, 권력이, 지식이 최고라고 가르치기 전에 마음이 최고가 되게 가르치십시오.

그러면 그 아이는 나를 가장 존경하는 아이가 될 것입니다.

운명

    사람은 자신의 뜻과 상관없이 살아갈 때가 많습니다. 무언가에 이끌리듯 흘러가는 운명 속에 어쩔 수 없이 원하지 않는 길로 발길이 옮겨지고, 사람을 만나고 헤어지고, 일을 하게 되고 정말 잘 살았다고, 후회 없는 생을 살았다고 하며 죽음을 맞이하지 않습니다.

    사람은 누구라도 태어나서 부족함이 없이 행복하게 살다 건강한 죽음을 맞이하길 원합니다. 하지만 모두 뜻대로 되지 않습니다. 본인도 모르는 사이 아무리 벗어나려 해도 보이지 않게 이미 큰 획을 긋고 있는 자신의 운명, 그런 것처럼 어느 누구라도 자신만이 가지고 있는 자신만의 운명이 있습니다.

내 운명과 다른 운명을 가진 사람을 무시할 수도 지적할 수도 없는 것입니다. 자신의 노력으로 정도의 차이는 있지만 자신이 걸어가야 할 길은 걸어 갈 수밖에 없다는 것입니다.

그렇다고 운명만 믿고 노력하지 않는다면 그건 잘못된 것입니다. 어쩔 수 없는 운명 속에 가야 할 길이라면 그 속에서 노력해야 할 부분은 노력하고 또 다른 나를 찾아야 할 것입니다. 내가 이렇게 살아야 한다면, 모르지만 다 이유가 있을 것입니다.

나는 왜 이렇게 살아야 하나 남들은 행복해 보이는데 라고 생각하면 불행의 늪으로 빠져 버립니다. 어느 누구나 자신의 상처는 크고 아프지만 남의 상처는 보질 못합니다.

그래서 남의 것은 좋아 보이고, 아파 보이지 않지만 본인에게는 아프고 힘이 드는 것입니다. 남과 나를 비교하지 않고, 본인 스스로 힘든 난관을 지혜롭게 헤쳐 나가다 보면 길이 보일 것입니다.

산에 있는 나무나 풀포기 하나라도 자기의 위치에서 성실히 살아가는 것을 봅니다. 사람은 아기 때는 걷기 위해서 많은 노력을 합니다. 어쩌면 사람도 처음 만들어졌을 때는 열심히 노력하고, 자기의 자리에서 성실하게 사는 것으로 만들어졌을 것입니다. 나이가 들면 아기 때처럼 원하는 것이 이루어지게 될 때까지 노력을 하지 않는 것 같습니다. 꾀를 부리고, 남의 눈치도 보고, 어떻게 하면 편하게 살 수 있을까 하며 조금씩 게을러지는 것 같습니다.

조금 불편하더라도 노력하고 열심히 사는 삶이 더 아름답지 않을까요.

이렇듯 운명이라는 것은 각각의 인생에 제자리 같은 것입니다. 자기 자리가 남보다 어두운 곳이라 하여도 받아들여야 하며, 내 자리가 남의 자리보다 더 나은 곳이라고 우쭐해할 수도 없습니다.

사람은 누구나 어느 정도의 운명이 있는 것처럼 살아가면서 필연처럼 만나게 되는 사람도 있습니다. 세상에 원인 없는 결과가 없고 모든 것에는 본인이 지각하지 못하는 사이에 어떠한 원인으로 인하여 운명이 결정되기도 합니다. 그것은 나 아닌 나와 관계된 부모일 수도 있고, 나아가 그 조상이 될 수도 있습니다.

나의 어떠한 생각과 의지로 운명이 조금씩 변할 수도 있고, 노력 여하에 따라 그 운명을 이용할 수도 있습니다. 그리고 살아가면서 수많은 인연 속에 살아가게 됩니다. 그 속에는 필연도 있고 그것으로 인해 내 삶에 영향을 받을 수도 있습니다.

이 세상에 우연처럼 태어나 의미 없이 살기보다는 내 의지와 상관없이 태어났지만 분명히 필연이고 뭔가 가치를 두고 태어났음에 틀림없습니다. 보이지 않지만 큰 테두리 속에 서로가 서로의 연결고리를 두고 상호작용을 하며 세포처럼 한 사람, 한 사람 모두 맡은 일이 있고, 의미가 있는 것입니다. 그래서 누구나 다 소중하고 가치가 있는 것입니다.

사람의 인생은 결코 길지만은 않습니다. 자신의 주어진 운명을 어떻게 받아들이느냐에 따라 또 다른 자신의 운명이 결정되어집니다.

자신의 운명은 자신이 만들어야 됩니다.

보이지 않는 것

보이는 세상과 보이지 않는 세상이 있습니다.

우리는 보이는 세상은 믿고 보이지 않는 것은 과학적으로 증명 되지 않는다 하여 믿지 않는 경향이 있습니다. 우리는 보이지 않는 것을 믿지 않지만, 얼굴에 부딪치는 바람을 느끼며 부는 바람 은 보이지 않지만 믿습니다. 눈에 보이지 않는 것은 보이지 않는 가운데 수없이 움직임을 가지며, 계획되고 준비된 과정을 가지고 결국 보이는 것으로 나타납니다.

모든 것에는 원인이 있고 결과가 있습니다. 나는 보이지 않는 세계가 있다고 믿습니다. 어떤 계획, 어떤 세계를 준비할지 모르는 보이지 않는 세계, 분명히 존재합니다. 보이지 않는 세계는 보이는 세계와 서로 상관관계를 가지며 보이는 세계에 따라 보이지 않는 세계도 움직이며 보이지 않는 세계에 따라 보이는 세계가 변합니다.

그래서 몸에 따라 마음이 변하고 마음에 따라 몸도 움직이는 것이 되는 것입니다. 살면서 영적인 현상이나 그 외에 설명하기 곤란한 일들을 우리 주변에서 볼 수 있습니다.

보통사람들은 눈에 보이지 않아 믿지 않지만 시공을 초월한 보이지 않는 세계가 있습니다. 영적인 현상을 보는 사람들이 보는 그것이 보이지 않는 세계의 일부가 될 수 있을 것입니다. 보이는 이상으로 무한한 세계가 보이지 않는 세계입니다.

보이지 않는 원인으로 인하여 사고가 나기도 하고, 또 위험한 상황을 살아있는 사람에게 알려 주는 것도 보이지 않는 세계입니다. 대부분의 많은 사람들은 평생을 살면서 한번쯤은 계시적인 꿈을 꾸기도 하고, 또 환상을 보기도 합니다.

살면서 자신의 의지와 상관없이 사람을 만나기도 하고, 사랑도 하고, 이별도 하고, 원수가 되기도 하고, 악연이 되기도 합니다. 이런 일들이 우리가 모르는 보이지 않는 세계와 상관이 있다는 것입니다. 뭐가 그러냐고 생각하기가 쉽지만 내가 보이지 않는다고 믿지 않고 부정을 할 수만은 없는 노릇입니다.

이러한 보이지 않는 세계에 따라 사람의 인생의 향방이 무조건 결정되지는 않습니다. 살아 있는 사람이 어떻게 하느냐에 따라 보이지 않는 세계의 방향도 바뀔 수 있습니다. 그래서 자신의 노력에 따라 운명도 바꿀 수 있는 것이 되는 것입니다.

이런 보이지 않는 세계는 나의 행동과 말에 따라 움직이기도 하고 그로 인해 나와 내 가족에게 영향을 끼치기도 합니다. 나의 잘못된 행동과 말은 보이지 않는 세계에 기록이 되고 영영 지울 수 없는 것이 될 수도 있습니다.

표시만 나지 않으면 지어도 되는 죄, 들키지 않으면 죄가 되지 않는 불륜 같은 것이 내가 느끼지 않지만 보이지 않는 세계에 바로 기록이 되고 그 결과 보이는 세계에 사는 나에게 아니면 내 가족에게 그 영향이 온다는 것입니다. 그래서 도저히 이해가 되지 않는 사고도 일어나고, 병도 생기게 되는 것입니다.

보이지 않는 세계는 너무나 과학적이어서 한 치의 어긋남도 없이 움직이고 있습니다. 태초의 세상은 보이지 않는 하나님과 인간이 대화를 하는 것처럼 성경책에 묘사되고 있습니다. 보이지 않는 세상에 나의 행동과 말들이 기록이 되고 또 보이지 않는 세계에 사는 사람과 대화를 한다면, 지금 이 세상의 사람들은 어떻게 살고 있을까요? 무섭다고 생각하는 사람도 있을 것이고, 재미가 있을 거라 생각하는 사람도 있을 것입니다.

우리 눈에 보이지 않고 들을 수 없지만 분명히 존재하는 세상이 보이지 않는 세상입니다. 사람의 마음이 보이지 않는다고 부정할 수 없는 것처럼, 보이지 않는 세상도 부정할 수 없습니다. 사람이 죽으면 영혼이 보이지 않는 세상인 저 세상으로 간다고 말합니다.

이 세상에서 행복하게 살려고 사람들이 노력하는 것처럼, 저 세상에서도 행복해지려 노력을 하겠지요. 그래서 살아있는 후손들은 좋은 곳으로 가시라고 기도도 하고, 또 돌아가신 분을 좋은 명당자리에 묘를 세우고 그 덕을 보려고도 합니다. 여러 종교인들은 죽어서 좋은 곳으로 갈 것이라는 믿음으로 열심히 자신의 종교에 심취합니다.

이런 현상들은 막연하지만 보이지 않는 세계가 있을 것이라고 생각하기 때문일 것입니다. 사람이 죽으면 영혼이 육신을 떠나 보이지 않는 세상으로 가게 됩니다. 그 영혼들은 또 자신의 의지와 상관없이 저 세상의 규율에 따라 자신이 가야 할 위치가 정해지는 것입니다. 마치 세상에 태어날 때 자신의 의지와 상관이 없는 것처럼 말입니다. 그 위치는 내가 살았을 때 했던 말과 행동에 따라 정해질 수가 있습니다. 하지만 죽은 이후에는 자신이 아무리 좋은 곳으로 가려해도 후손을 통하지 않고는 갈 수가 없습니다.

후손을 통해 좋은 일을 하고, 후손이 어떻게 사느냐의 노력에 따라 그 위치가 변할 수도 있습니다. 나쁜 일을 많이 한 조상이라면 후손에게 선한 일을 할 힘을 주기가 힘이 들 것이고, 좋은 일을 많이 한 조상이라면 후손에게 힘이 될 것입니다.

살았을 때의 마음가짐으로 가는 영혼들이기 때문에 이 세상에서 살면서 어떻게 하느냐가 결국 본인들의 후손에게 지대한 영향을 끼치게 되는 것입니다. 세상에서 일어나는 불의의 사고나, 예기치 못한 수많은 현상들이 어쩌면 우리네 조상들이 살았을 때의 삶의 질 때문에 일어날 수도 있는 것입니다.

그렇다고 무조건 조상의 탓으로 돌리면 안 됩니다. 나의 어떠한 행동에 따라 조상에게 힘이 되기도 하고, 힘이 빠지게 할 수도 있습니다. 쉽게 생각하면 세상의 부모들이 자식 때문에 힘이 나기도 빠지기도 하는 것처럼 말입니다. 그런 것을 생각하면 나는 나만의 것이 아니라 보이지 않는 세계를 연결하는 고리가 되기도 하고, 보이지 않는 세계에 영향을 끼치는 중요한 존재인 것입니다.

그래서 자신의 죽음도, 자신의 인생도 무조건 생각 없이 자신 맘대로 좌지우지 하는 것이 죄가 될 수도 있는 것입니다. 그리고 자신의 삶은 조상이 준 것이고, 귀하고 소중한 삶을 살기를 바라고 계실 것입니다.

　행복하게 살고 싶다고 하지만 행복은 우연히 생기는 것이 아니며, 보이지 않는 세계의 영향과 나의 노력에 따라 얼마든지 변할 수 있습니다.

　자신의 삶은 자신의 것인 동시에 주변을 행복하게도 불행하게도 만드는 중요한 위치에 있다는 것을 잊지 마시고 열심히 선하고, 착하게 그리고 겸손하게 사는 것만이 행복의 지름길임을 잊지 말아야 할 것입니다.

법 지키기

세상을 살아가는 사람들 사이에는 규칙이 있고 법이 있습니다.

지키지 않으면 무용지물이 되는 법. 우리 모두의 약속이며, 지켜야 하는 규칙인 것입니다. 요즈음은 어린 아이조차도 이성 친구가 있고 유행처럼 편하게 말하고 자랑하는 것을 보면 예전부터 내려오는 법과는 거리가 먼 듯합니다.

세상이 변함에 따라 법도 바뀌고 사람도 바뀌지만 냉정히 따져보면 사람이 가지는 기본 틀은 바뀌지 않는다고 생각합니다. 결혼 전에는 깨끗이 있다가 결혼해서 오로지 한 사람만 사랑해

주길 어느 누구나 원하고 있고 그것은 예나 지금이나 변함이 없습니다. 사람들은 막연히 꿈꾸기만 하고 지키지를 않습니다. 결혼 전 깨끗한 몸과 마음을 가진다는 것을 법으로 보면 그 법을 지키는 것도 사람들의 몫입니다. 법이란 노력을 해야 되고 지켜야 비로소 법이 되는 것입니다.

이렇게 사람 살아가는 것에 법이 있고, 사람들이 만든 법이 있습니다. 나라마다 법이 다르지만 최소한 자신의 나라에서 정해준 법은 지켜야 한다고 생각합니다.

법이 있어도 남이 보지 않으면, 지키지 않아도 된다고 생각하는 사람들이 있습니다. 하지만 얼마나 위험한 생각인가요. 보이지 않지만 남들이 보지 않아도 우리 모두의 약속이니만큼 조금 번거롭고 귀찮더라도 지켜야 되는 것입니다.

가만히 생각해 보세요. 내가 조금 편하자고 무단횡단을 했다고 하면, 나만의 이기심에 큰 사고가 날 수도 있고, 귀중한 자신의 목숨을 잃을 수도 있는 것입니다. 다행히 그런 사고가 없다해도 언제 내게 일어날지 모르는 사고가 될 수도 있고 내가 한 무심한 행동이 다른 사람에게 큰 피해를 줄 수 있을지도 모를 일입니다. "남도 건너는데 뭐"라고 생각하며 대부분의 사람들은 법을 지키지 않습니다.

가장 단순한 법칙과 규칙을 지키는 사람들이 많았다면 사고도 훨씬 줄었을 것이고, 그것으로 인하여 저 세상으로 가는 우울한 영혼이 줄어들지는 않았을까요. 그랬더라면 훨씬 밝은 세상이 되었을 텐데 말입니다.

아주 사소한 것부터 지켜보면 어떨까요. 거리에 쓰레기 버리지 않기, 무단횡단 하지 않기, 길이 아닌 곳으로 가로지르지 않기 등등 간단한 것부터 말입니다. 실천은 어렵고, 조금은 번거롭지만 일상이 된다면 어렵지도 힘들지도 않습니다.

그것이 어렵다면 언제든지 자신의 일상의 행동을 지켜보는 눈이 있다고 생각하세요. 실지로 자신의 조상이 지켜보고 있습니다. 당신의 마음과 행동과 말을 듣고, 보고, 느끼고 있답니다.

세상에서는 CCTV가 있어야 사람들이 겁을 내고 법을 지키려 노력하지만 보는 사람이 없다고 생각하면 마음대로 훔치기도 하고 욕도 하지요. 하지만 보이지 않지만 항상 보여 지고 있답니다. 숨길 수 없는 자신의 마음에도 물론 기록이 되죠. 그것을 부정하는 사람은 없을 것입니다.

자신의 모든 일상을 지켜보시면서 위험한 상황에 처하면 수단과 방법을 가리지 않고 조상의 힘이 닿는 데까지 도와주려 하시죠. 그래서 대형 사고에도 살아남는 사람은 살아남게 되는 것이지요. 왠지 가기 싫은데 가서 사고가 나는 경우도 있죠. 그런 경험을 하신 분들도 있을 것입니다. 마음을 움직여 주시는 거죠.

사고가 날걸 미리 아시고.

이렇게 생각하면 나의 잘못으로 인하여 얼마나 애태워하시는 분이 계시다는 것을 아시겠죠. 이렇게 도와주고 싶어도 힘이 없어 도와줄 수 없는 분의 마음은 어떨까요? 그래서, 이 세상을 살고 있는 당신은 세상의 법도 지켜야 하고 사람사이의 법도 지켜야 하는 것입니다.

만약 지금까지의 인류가 사람을 위해 자연을 위해 법을 지켰다면 지금의 세상은 이렇게 험하게 변하지 않았겠지요. 사람들은 만물의 영장이라 하여 자연에게도 마음대로 하기도 합니다. 자연의 법칙을 무시한 결과 얼마나 참담한 현실이 되었습니까?

사람은 당연히 겸손해야 하고 내가 걸어 다니고 먹고 행동하는 모든 것이 조심스러워야 하고 당연히 지켜야 하는 것은 지켜야 합니다. 내가 사람답게 살고, 타인에게도, 세상의 법도 지키고, 자연을 있는 그대로 바라보고 소중히 여긴다면 어떻게 될 것 같나요? 네가 나를 의심하고, 내가 너를 의심하는 일도 없어지겠죠.

우리 그렇게 살고 싶지 않나요? 나는 상상만으로도 즐겁습니다. 너와 내가 하나 되고 진심으로 대하는데, 서로 사랑하는데 아무리 힘든 일이 생겨도 이겨낼 수 있겠죠. 지금 당장이 아니어도 조금씩 지켜보도록 노력해 보세요.

당신의 보이지 않는 조상이 기뻐할 것이고, 그 기쁨은 좋은 결과로 어딘가에 나타날 것입니다. 너무 마음이 급해 당장 이루어지지 않는다고 조급해 하지 마세요. 급하게 흐르는 물은 무서운 결과를 낳지만 조용히 흐르는 물은 천천히 스며들며 안정된 결과를 낳을 것입니다.

지금까지 세상의 법도 사람사이의 법도 지키지 않았지만 그래도 아직은 살아 있잖아요. 지킬 수 있는 시간이 있어서 얼마나 다행인가요. 그것도 못하고 죽으면 하고 싶어도 못한답니다. 알고도 못하고 죽은 이는 얼마나 속이 상할까요.

살아 숨 쉬는 당신, 몸이 건강하고, 마음이 건강하다면 충분히 할 수 있잖아요. 꼭 돈이 없어도 마음은 할 수 있고, 걸어 다니면서 작은 실천이라도 할 수 있잖아요.

제 말이 우습게 들리나요? 당연한 것을 당연히 지키지 못해 지키는 사람이 이상하게 보이겠지만 죄를 짓는 일이 아니니까 할 수 있겠죠? 남의 눈을 의식하지 않을 수는 없겠지만 처음에는 아무도 없는데 길을 가로질러 공원길로 가도 되는데 굳이 공원길이 아닌 인도로 간다면 번거롭기도 하고, 시간도 걸리고, 힘도 드는데 게다가 누군가와 함께 가다보면 자연스레 공원길로 가게도 되지요.

처음은 번거롭지만 혼자 있을 때만이라도 한 번 해 보세요. 아무도 보지 않아 건너도 되는 작은 신호등이 있는 골목길. 씹다가 버리고 싶은 껌도 아무데나 버리지 않기 등등.

　조금은 미련스러워 보이고, 바보스러워 보이겠지만 바보가 아닙니다. 사소한 거라고 지키지 않는 사람이 바보랍니다. 바보가 되고 싶지 않다면 오늘부터 지켜보세요. 아주 작은 것부터 하기 쉬운 것부터 무엇이든 목표를 잡더라도 쉬운 것부터 해 보세요. 자신의 능력은 자신이 가장 잘 알잖아요.

　현명한 바보가 되시기를 바랍니다.

두 가지 마음

세상에는 선과 악이 상존합니다.

악은 악을 낳고, 선은 선을 낳습니다. 악은 씨를 말려야 됩니다. 우리의 마음에도 두 가지 마음이 있습니다. 악한 마음과 선한 마음. 선한 마음이 되면 더할 수 없이 평온하고, 편안한 마음이 됩니다. 악한 마음이 되면 우울해지고 짜증이 나고 무언가 불안하고, 기분이 극도로 좋아지거나, 나빠지거나 남의 말을 들으려 하지 않고 이기적인 마음이 됩니다.

본인이 잘 구분 못하는 악한 마음으로 물건을 사거나, 먹을 것을 사면 쉽게 망가지거나 빨리 상해 버리며 벌레가 생기고 쉬이 시들어 버리기도 합니다.

나는 그런 경험을 했습니다. 내가 잘 느끼지 못하는 내 마음이 무언가에 접해 좋지 않은 결과를 보이면 결국 그 원인이 악한 내 마음이 원인이었음을 알게 되었습니다.

악한 마음이 속에 있을 때는 남의 말을 들을 때 겉으로는 맞아 맞아 하면서 마음속 한 구석에서는 "흥 뭐가 그래"라고 속삭입니다. 남의 좋은 일에 배가 아프고, 남의 것이 좋아 보이고 나와 비교를 하며 우울해 합니다. 남의 칭찬에 인색하고, 사람을 대할 때 목적을 두고 만나기도 합니다. 악한 마음은 사람들 마음 한 구석을 차지하고 혼란을 가져오기도 하고 질투, 시기, 원망 등을 낳습니다.

남의 험담에 즐거워하며 나의 험담은 감추려 노력합니다. 나를 좋아하는 사람을 이용하기도 하고, 나보다 못한 사람을 보고 무시하며 업신여기기도 합니다. 남보다 나를 먼저 생각하고, 나의 기준으로 상대를 판단합니다. 상대를 힘들게 하고 조롱하면서 그것에 재미를 느끼기도 하면서 자신은 우쭐해하며, 고개를 들고 잘난 체합니다.

이렇듯 우리가 흔히 느끼는 순간의 감정이나, 재미 등이 내 속에 존재하는 악한 마음 때문이라는 것입니다. 사람들은 좋을 때는 세상을 가진 것처럼 행복해하고 선하고 푸근한 마음이 생기고 평온해하며 웃음이 넘쳐 납니다. 그러다 나빠지면 우울해하고 눈물을 흘리며 세상에서 가장 슬픈 사람이라 생각하고, 슬픔의 원인 제공자를 원망하기도 하고 자책하기도 하며 원인에 따라 질투하고 시기하기도 합니다. 이렇듯 사람은 마음에 따라 180도 바뀌는 모습을 볼 수 있습니다.

사람들과의 믿음과 사랑도 좋을 때는 넘쳐 나지만 나쁠 때는 신뢰와 사랑도 평온한 마음도 사라져 버립니다. 진정한 선은 좋을 때도 나쁠 때도 변함이 없는 것입니다. 항상 평온하며 상대를 편하게 해 주며 상대의 기준으로 나를 맞추면서도 기분 나빠하거나 슬퍼하지 않습니다. 나의 힘듦보다 상대의 힘듦을 먼저 걱정해 주고, 배려하는 마음입니다. 선한 마음이 내 마음의 주류가 되면, 집중력이 높아지고, 지혜가 생기며, 앞날을 설계하는 밝고 긍정적인 마음이 됩니다. 남과 비교하기보다 자신의 마음을 반성하고 잘못된 점을 고치려 노력하며, 자신의 맡은 자리에서 최선을 다하는 사람이 됩니다.

상대의 좋은 점을 보고 배우려 노력하는 사람이 되기도 하고, 겸손하고 현명한 모습을 보이게 되는 것입니다. 이런 선한 마음으로 살아가게 되면 마음으로 인한 병은 물론이고, 건전한 생활로 인해 타인에게도 좋은 영향을 끼치게 됩니다.

선한 마음으로 살도록 노력하다 보면 나쁜 마음은 내 속에서 자리를 잡을 수 없게 되고 나의 인생에서의 불평불만이 사라지게 됩니다. 사람의 마음에는 이렇듯 선과 악이 존재해 본인이 잘 알지 못하는 악한 마음이 본인을 어둡게 하고 상대도 어둡게 만들어 버립니다.

선한 마음이 내 마음속에 상주하도록 끊임없이 노력해야 됩니다. 상대를 소중히 여기고 자연을 소중히 여기며, 법을 지키며 생활이 변해야 됩니다.

내 속에 악이 수시로 드나들며 착한 듯, 선한 듯 변장을 하고 나의 마음을 시험하거나 흔들어 버릴 때가 많습니다. 거짓을 말할 때 나를 합리화시키고 내가 죄를 지을 때 남들도 하는데 뭘, 이까짓 쯤하며 나를 안심시킵니다.

출발은 미미하지만 악은 엄청난 결과를 가져옵니다. 눈을 멀게 하고, 몸을 병들게 하며 마음까지 어리석게 만듭니다. 악이 마음 속에 많이 있는 사람이 되면, 상대의 마음은 전혀 헤아리지 않기에 무서운 범죄도 아무런 양심의 가책도 없이 겁 없이 저지르게 되는 것입니다.

그 원인을 들여다보면 어렸을 때부터 가졌던 삐뚤어진 마음이 원인인 경우도 있습니다.

항상 불평불만이 가득한 사람도 그 원인된 마음이 기본적으로 올바르지 않음을 볼 수 있습니다.

어렸을 때 올바른 부모로부터 악이 무언지 어떻게 사는 삶이 건전하고 올바른지 배우지 못했다고 해서 부모님을 원망하는 것도 잘못된 것입니다.

자신의 인생은 자신만이 개척할 수 있으며, 자신 만의 것입니다. 선도 악도 자신의 노력으로 내 속에 머물게 할 수 있는 힘이 나에게 있습니다. 선한 마음이 자리 잡으면 자신이 어떻게 살아가야 될지 미래가 보이게 됩니다. 열심히 선하도록 노력하는 사람이 성공하는 시대가 올 것입니다.

우리의 선한 노력은 보이지 않는 세계가 도와줄 것입니다. 내가 선한 마음을 가지면 내게는 선한 조상님들이 도와주실 것이고, 내가 악해지면 악한 무언가가 나를 지배해 나를 힘들게 하고 보이지 않는 세계에도 영향을 끼치며, 나를 둘러싼 수많은 사람에게도 나쁜 영향을 끼치게 되는 것입니다.

나쁜 생각이 들면 "아니야 난 그럴 수 없어. 나는 착하고 선하게 살 거야"라며 자신을 다듬어 나가야 됩니다. 그러면 자신의 운명은 행복으로 달려가는 출발점이 될 것입니다.

처음에는 악도 선도 구분하기가 힘이 듭니다. 선을 가장한 악이 내 마음속에 있을 때도 있기 때문에 악한 마음이 자리 잡기까지 보이지 않는 악한 것은 처음에는 아주 단순한 것에서부터 출발할 때도 있습니다.

섭섭한 마음이 원인이 될 때도 있고, 지키지 못하는 약속들도, 순간의 거짓말, 욕심, 원망, 시기, 질투 등의 작은 마음들의 원인을 기반 삼아 악한 마음이 씨앗처럼 자리 잡게 되고, 그 원인이 나의 행동과 말을 결정짓게 되고, 조금씩 쌓여진 악한 마음이 자라고 자라 무서운 결과를 가져오기도 합니다.

좋지 않은 일이 생겼을 때 그 원인이 나에게 있을 경우가 많습니다. 그렇지 않은 경우도 있을 수 있지만 나를 먼저 돌아보고 내게 원인이 없었는지 생각해 보아야 합니다. 그러기 전에 그 원인된 마음을 갖지 말아야 합니다.

악한 마음은 언제든지 나를 찾아올 수 있고, 나를 지배해 나의 인생을 망칠 수도 있습니다. 행복한 삶을 만들기 위해서는 선한 마음이 나를 찾아올 수 있도록 노력하는 방법밖에 없습니다.

예를 들면 사람을 잔인하게 죽이는 사이코 패스의 경우 의학적으로는 뇌의 상태와 그 사람의 정신적인 감정 상태를 이야기하는데 그런 사람들도 자신의 가족을 죽이는 경우는 드뭅니다. 그 사람들에게도 어린 시절이 있었을 것이고 사랑하는 사람이 있었을 것입니다.

그 사람이 어렸을 때부터 부모로부터 선한 것과 나쁜 것을 구분하는 방법을 지속적으로 교육을 받았더라면 아마 그런 잔인한 행동은 할 수가 없었겠지요. 그 사람은 사회에 대한 불평불만 내지는 자신에 대한 무언가에 강한 불만이 있었을지 모릅니다. 그리고 그것에 악한 마음이 너무나 강하게 작용해 악이 자신을 지배해 사람을 죽이고도 죄의식을 느끼지 못하고 그 잔인성을 드러냈을지 모릅니다.

자신을 도와줄 조상들조차 힘이 없고, 악한 악마는 사람을 죽여도 죄의식이 없어 누군가를 통해 사람을 죽여도 아무렇지 않습니다. 자신으로 인해 누군가가 나쁜 짓을 하면 도리어 그렇게 당한 사람을 비웃는 답니다. 참으로 어리석은 것들 하면서.

우리는 이런 사람들을 보면서 마냥 그 사람만 욕을 하지요. 나에게도 잔인하고 악한 마음이 찾아올지도 모르면서요. 그래서 자신의 선한 마음을 열심히 키워나가야 하는 것입니다. 그래야 나를 도와줄 든든한 지원군 선한 조상님이 힘을 얻고 나를 도와줄 테니까요.

믿을 수 없다고 생각하시나요?

종교를 믿는 사람은 나의 하나님이 그런 능력이 있지 고작 귀신에 불과한 자신의 조상이? 라고 생각하십니까? 아닙니다. 가까운 예로 종교를 믿는 사람들도 더러는 잔인하게 죽게 되는 경우를 보신 적이 있으시죠?

아무리 종교를 믿어도 자신의 생활이 엉망이라면 당신의 하나님도 그것을 용납할까요? 단순히 종교를 믿었다고 해서 천국으로 간다면 좀 그렇다고 생각하지 않으시나요.

종교를 믿을수록 더욱더 타인의 모범이 되어야 하고 선한 마음과 행동을 한다면 어느 누가 종교를 불신하고 종교인들을 욕을 하겠습니까? 그것이 종교인이든 비 종교인이든 누구나 선을 행해야 하는 것이고 또 자신의 돌아가신 부모 조상이 나를 위해 애쓰고 계신다는데 그것이 싫겠습니까?

선한 마음은 타고 나기도 하지만 노력으로도 가질 수 있는 마음입니다. 내가 타고 나지 않았으면 남들보다 배로 노력해야 되는 것이지요. 만약 그것이 정말 마음대로 되지 않으신다면 봉사활동을 해 보세요. 나보다 어려운 사람, 나의 힘이 도움이 되는 곳으로 가서 실천을 해 보세요.

처음에는 내가 왜 라는 마음도 들겠지만 자꾸 하다보면 그런 마음도 사라지고 즐거운 마음이 된답니다. 남이 나를 너무 부려먹는다고 생각이 든다면 "그래 나를 위해서 하는 거야"라고 자신을 다독이세요. 남이 나를 조롱하거나 무시한다고 생각이 들어도 섭섭해 하거나 슬퍼하지 마세요. 차라리 속으로 삭히지 말고 너무나 섭섭하면 상대에게 말로 섭섭한 마음을 전하세요. 그러면 당신을 찾아 왔던 나쁜 마음이 멀리 도망을 갈 것입니다.

악한 마음이나 잘못된 결정이나 일이 생길 때 모르지만 당신의 주변에 무언가 변화가 있을 것입니다. 갑자기 자신의 가족에게 불행한 일이 생길 때 거울이 깨진다거나 컵이 깨진다거나 하는 경우가 있지요. 아니면 꿈이 다르든지 하는 현상이 일어나지요.

그런 것은 조상이 알려 주는 경우도 있고 나의 생활에 대한 경고일 수 있습니다. 나의 어떤 결정이 잘못된 경우 여러 가지 좋지 않은 일이 내 주변에서 일어나기도 합니다. 그것은 사소한 것이 될 수도 있고, 나의 아이에게 나의 부모와 가족에게 일어날 수도 있습니다.

내가 바람을 피웠다고 합시다. 나의 바람은 나의 순간적인 즐거움을 주지만 그 결과 나의 아이가 다칠 수도 내 부모가, 내 형제에게 좋지 않은 영향을 끼칠 수 있다는 것입니다.

나 하나의 악한 마음이나 행동이 나에게만 국한된 것이 아니고 나와 내 가족 나아가서는 내 이웃, 내 나라에까지 영향을 끼치는 것입니다.

너무 거창하다고 생각하시나요. 악한 마음을 가진 사람이 많으면 많을수록 세상이 어지러워지고 못 먹고 가난하고 병든 사람이 더 많이 생길 수 있다는 생각을 왜 하지 않으십니까?

나 하나쯤이야 라고 생각하시나요. 나란 존재가 100명을 살릴 수도 죽일 수도 있는 것입니다.

이렇듯 선한 마음이 주는 의미와 악한 마음이 주는 의미는 엄청난 결과를 가져오기도 합니다. 지금은 힘이 없는 당신이 어떤 생각과 행동을 하느냐에 따라 당신의 아이가 장래에 많은 사람을 살릴 수도 죽일 수도 있다는 것을 명심해야 합니다.

그냥 나 하나 잘 먹고 살다가 천국만 가면 된다고 생각하지 마시고 지금의 생활 지금의 나의 마음을 잘 다스려 모두 잘 살다가 좋은 곳으로 갈 수 있는 사람이 많아지길 간절히 바랍니다.

지금의 나는 노력만 할 뿐입니다. 내가 이 세상에 도움이 될지 어떨 지는 나도 모릅니다. 다만 선하게 살려고 노력합니다. 나는 악한 마음이 나를 지배한 적이 있고 아직 나를 온전히 떠나지 않고 나를 살피며 언제 또 저 아이를 이용하나라고 나를 노려보고 있습니다.

나는 생각합니다. 이 세상에 살고 있는 수많은 사람들은 나보다 건강하고 좋은 마음을 갖고 있기에 모두가 선한 마음을 쉽게 가질 수 있고 악한 마음을 쉽게 물리칠 수 있으리라 확신합니다.

우리 모두 선한 마음이 가득한 그 날까지 열심히 노력합시다.

하나님

　종교를 믿는 사람이든 아니든 모든 사람들은 소원을 빌고 잘 살고 행복하기를 신께 빌고 또 빕니다. 대부분의 사람들은 신께서 그 소원을 들어주실 것이라 믿고 또 믿고 또 믿습니다. 그리고 더러는 소원을 이루게 해주셨다고 더욱더 신뢰하고 믿습니다.

　사람들은 생각합니다. 자신이 믿는 신인 하나님을 자신의 모든 일을 알고 계시고 자신의 죄까지도 품어주실 것이라 믿고 살고 있습니다. 하지만 자신을 가장 많이 알고 있는 분이 자신의 부모이고, 조상임을 생각하는 사람은 드뭅니다. 자신에게 하나님은 바로 자신의 조상입니다.

살았을 때 자식을 위해서 희생하려 하고 사랑하는 것처럼, 죽어서도 사랑하고 자식의 곁을 맴 도는 분들이 조상입니다. 사람들은 살아있는 사람들을 멀리서 지켜보는 분들이 조상이라는 생각을 하지 않습니다. 복을 주고 싶어도 능력이 없어 주지 못하는 조상님도 계실 것이고. 이 세상에서 선하게 살다가 가신 분들이 많이 계시어서 복을 주실 수도 있을 것이고, 악하게 살다 가셔서 주실 것이라곤 악밖에 없는 분들도 계실 것이고, 이렇게 우리가 느낄 수 없지만 다양하게 살다 가신 분들에 의해 우리의 생활이 진행되고 있다고 생각하는 사람은 없을 것입니다. 잘 살게 되면 내가 잘나서 잘 사는 것이라고 생각할 것이고, 잘 살지 못하면 조상을 탓하거나 부모님 아니면 주변 사람들을 원망합니다.

내 삶의 대부분 우리의 몸과 마음을 움직이게 하는 것도 보이지 않는 분들이 움직이게 하는 것이 대부분입니다. 다만 우리가 느끼지 못할 뿐입니다. 우리의 수많은 생각도, 이 사람 저 사람을 좋아하게 만드는 것도 보이지 않는 세계의 영향임을 우리는 전혀 모르고 살고 있습니다.

우리가 어떻게 사느냐에 따라 내가 어떤 마음을 먹느냐에 따라 우리의 마음의 움직임도 몸의 움직임도 유동적이 될 수 있습니다. 보이지 않는 세계의 조상님들은 우리 마음의 변화에 따라 도움을 주시는 분들이 함께 하실 수도 함께 할 수 없을 수도 있습니다.

내 마음이 선하고 올바른 상태가 되면 선하고 올바른 조상님께서 함께 하실 것입니다. 그래서 내가 원하는 것이 있으면 그것을 갖도록 지혜도 주실 것이고 그렇게 될 수 있도록 주변 환경도 만들어 주실 것입니다.

다만 우리가 느끼지 못하고 이끌리듯 살아가는 것도 다 이런 이유에서입니다. 사람이 죽으면 육신은 없어지지만 마음은 가졌던 마음 그대로 저 세상으로 가게 됩니다. 살았을 때 가졌던 욕심도, 시기도 질투도 모두 가져갑니다. 살았을 때는 체면 때문에 나타나지 않았던 마음도 죽어서는 그대로 나타납니다. 그래서 자기 마음대로 사람을 움직이기도 합니다. 절제 없이 사람을 다치게 하기도 하고, 사람의 마음을 움직여서 타인을 괴롭히기도 합니다.

보통의 사람에게는 몸에 치대거나 몸에 실려 있지 않지만 때로는 사람의 몸을 타고 앉거나 사람들 주변을 오고가면서 괴롭히는 경우도 있습니다. 이렇게 되면 몸이 아프거나, 마음이 우울해지거나 하는 현상으로 나타납니다. 모든 사람이 다 그런 현상이 나타나지는 않습니다. 자신의 몸을 잘 관리하지 못하거나 너무 많이 몸을 쓰거나 해서 과로로 병이 나기도 합니다. 병원을 가도 좀처럼 낫지 않는 병이 있을 경우에는 주로 죽은 사람이 자신의 욕심으로 아프게 하는 경우도 있습니다.

사람이 죽으면 대부분은 자신만 생각합니다. 그래서 사람들 눈에 보이지 않는 것을 악용해 살아 있는 사람을 이용하거나 장난을 치거나 하기도 합니다. 하지만 죽은 사람이 다 그런 것은 아닙니다.

이 세상에 살 때 타인에게 피해를 주지 않고 선하게 살다 가신 분이라면 사람을 괴롭히거나 하지는 않습니다. 후손에게 도움을 주고 좋은 마음으로 잘 살 수 있도록 마음도 몸도 편하게 해 줍니다.

하지만 모두 그렇게 살다 가신 것이 아니기 때문에 사람들은 살아가면서 사고도 나고 아프기도 하고 마음이 괴롭기도 한 것입니다. 선하게 살지 못하고 가신 분들은 지상을 떠돌며 사람들 사이를 돌아다니며 각종 좋지 않은 일들을 일으키기도 합니다.

사람들은 그것을 모르기 때문에 내가 왜 그랬지 내가 왜 이러지 라고만 생각합니다. 모두가 자신의 생각이고 자신이 한 일이라고 생각합니다. 그렇다면 내가 한 일이 아니라고 모두 죽은 자의 탓이라고 돌리면 안 됩니다. 나의 마음가짐과 행동에 따라 죽은 사람이 따라다닐 수도 있고 그렇지 않을 수도 있기 때문입니다.

죽은 사람이 따라다니며 장난치듯 어떤 마음을 주었는데 그것을 살아 있는 사람이 따라하면 죽은 사람은 재미를 느끼며 계속 그 사람에게 이런 마음도 줘 보고 저런 마음도 줘 보고 합니다. 살아 있는 사람이 이건 아닌데 하며 그 마음을 거부를 하면 죽은 자는 재미를 느끼지 못해 떠나가 버립니다. 그래서 나의 마음가짐에 따라 내 인생을 변하게 할 수도 내 인생을 망치게 할 수도 있다는 것입니다.

이것을 모르는 사람들은 쉽게 이끌려 다니며 자신의 인생도 엉망으로 만들어 버립니다. 자신의 삶의 방식에 따라 죽은 사람도 살아 있는 사람의 마음에 좋은 영향을 끼치면서 자신도 좋은 곳으로 점차 가게 됩니다. 그래서 이 땅에 사는 사람들의 생활과 마음가짐이 너무나 중요한 것입니다.

악을 순환시키느냐 악을 끊느냐 하는 것도 살아 있는 사람들의 몫입니다. 그래서 이 세상과 저 세상의 연결고리인 내가 중요하다는 것입니다. 나는 나인 동시에 내가 아닌 것입니다.

내가 선한 내가 될 때 선한 조상인 자신의 하나님이 함께 하실 것입니다. 내가 원하는 것을 이룰 수 있게 도와주시고, 지혜도

용기도 주실 것입니다.

하나님은 먼 곳에 있지 않습니다. 자신을 누구보다 사랑해 주시는 조상님 그분들이 하나님이십니다.

빚지지 않기

  돈을 빌리거나 몸으로 신세를 지거나 하는 것을 통틀어 빚졌다고 이야기합니다. 빚지는 것은 비단 돈만이 아니라 마음의 빚도 있습니다.

  사람들은 살면서 얼마나 많은 빚을 지고 살까요? 자신을 태어나게 해주신 부모님께도 이 땅에게도 그리고 타인에게도 그런데 유독 자신의 부모님께 받는 것을 빚이라고 생각하지 않습니다. 많이 주지 않는다고 투덜대고 유산을 두고 서로 다투고 마치 부모님을 빚쟁이 대하듯 대합니다.

부모님께 너무 많이 받으면 빚이 되고 나를 망하게 만드는 길임을 알지 못합니다. 어린아이처럼 부모님 때문에 가난하다며 칭얼거립니다. 누구네 부모는 재산이 많아 편안히 사는데 내 부모님은 돈이 없어 자신이 고생한다고 생각합니다.

돈 없는 부모는 죄인이 된 것처럼 자식의 눈치를 봐야 합니다. 이런 현상을 요즘은 다 그러니까 라며 무심코 지나쳐 버린다면 어떻게 되겠습니까? 그런 부모와 사회를 보는 아이들은 그런 것을 배우게 되고 결국 내 부모는 내게 빚쟁이가 되어야 한다고 생각하게 되는 것입니다.

지각이 있는 사람들은 이런 것들을 바라보며 걱정을 합니다. 늙어서 자식에게 버림받지 않고 대우를 받으려면 돈이 있어야 한다고 생각하며 열심히 돈을 모읍니다. 부모는 빚쟁이도 아니며 내게 무조건 충성해야하는 강아지도 아닙니다. 남들에게 존경을 받는 것이 최고가 아니라 가족에게도 인정받고 존경받는 사람이 되려면 부모님을 죄인처럼 만들지 말아야 하며, 아이에게 존경받고 부모의 마음을 힘들게 하지 않는 사람이 되어야 진정한 존경받는 사람이 되는 것입니다.

부모도 자식을 빚쟁이로 만들면 안 됩니다. 내 아이니까 내가 어떻게 키웠는데 라며 자식에게 지나치게 요구하는 것도 죄가 됩니다. 부모도 자식도 서로에게 빚이 되어서는 안 됩니다. 서로 사랑하며 가족으로써 존중하며 존경하는 그런 가족 구성원이 되어야 합니다.

세상의 가장 작은 단위가 가족입니다. 그 가족을 구성하는 것은 개인 개인입니다. 엄격히 따지면 나 아닌 사람은 모두 타인이며 남입니다. 가족도 남들보다 가까운 타인입니다. 서로 존중하고 소중히 여겨야만 합니다.

말은 쉽지만 실제로는 힘들다고 합니다. 우리는 노력하는 길밖에 없음을 알고 있습니다. 자식에게 빚지는 것은 너를 망하게 만드는 길이라고 어렸을 때부터 교육을 시켜야만 합니다. 아무리 세상이 병들었다 해도 내 집 내 아이 만큼은 부모에게 마음의 빚이나, 돈을 빚지게 만들지 말아야 합니다.

내가 힘이 없을 때 부모가 내게 해준 정성만큼 내 부모도 힘이 없으면 자식이 그렇게 정성으로 모셔야 합니다. 그것은 예로부터 내려오는 이치입니다. 이런 이치를 어기고 살아간다면 훗날 자신 또한 그런 경우를 당하게 될 것입니다.

사람이 가장 쉽게 생각하는 빚이 타인에게 빌린 돈이라고 생각하지만 깊이 생각해 보면 부모에게 얼마나 많은 빚을 지고 살아가는 지 다시 한 번 생각해 보아야만 하는 것입니다.

힘이 없는 아이 때는 부모가 공부도 먹을 것도 줘야 하지만 성장 후 자신에게 힘이 생기면 부모는 그때부터 자식을 빚지게 만들지 않기 위해서 주지 말아야 합니다. 흔히 이런 쉬운 이치를 빚이라고 생각하지 않기에 부모의 돈을 내 돈이라고 생각하고 당연히 재산을 물려주어야 한다고 생각하는 사람들이 많은 것입니다. 부모도 자식에게는 주고 또 주고 싶은 마음에 당연히 자신이 가진 재산은 자식에게 주어야 한다고 생각합니다.

원칙은 자식을 위해서 주지 말아야 합니다. 자식은 자식의 인생이 있고 자신이 살아가야하는 능력이 있는 것입니다. 너무 서로에게 빚지게 해서는 안 됩니다.

그것은 비단 자식뿐만 아니라 타인에게도 마찬가지입니다. 공짜가 좋다고 해서 너무 공짜를 좋아하는 것은 자신도 모르는 사이에 빚을 지게 되는 것입니다.

공짜를 좋아하다보면 노력하지 않고 뭔가를 바라게 되고 횡재나 또 다른 불로소득을 바라게 됩니다. 그러다 보니 다른 사람이 편하게 돈을 벌게 되면 그것을 부러워하고 부모나 남을 통해서 쉽게 돈을 벌 수 있는 방법을 생각하게 됩니다. 이런 것 때문에 많은 사람이 쉬운 방법으로 돈을 벌려고 하고 그 심리를 이용하는 사람들도 생겨나는 것입니다.

서로의 것을 소중히 여기고 받은 것을 감사히 여기는 마음이 없이 빚도 지고 빚지게 만드는 것이 지금의 세상입니다. 이렇게 알고도 모르고도 많은 빚을 지게 되면 그 순간은 알 수 없지만

이 모든 것은 보이지 않는 세계에 기록이 되어 언젠가는 그것을 갚지 않으면 안 되게 되어 있습니다. 세상에 공짜가 없다는 얘기입니다.

이렇게 많은 빚을 지고 이생을 살다 죽게 되면 그것은 영혼에 기록이 되어 후손을 통해서 어떤 방법으로든 갚게 되어 있습니다.

우리는 흔히 봅니다. 권력을 가지는 동시에 명예와 돈이 따라온다는 것을. 하지만 그것으로 인해 많은 죄를 짓게 된다는 것도. 사람들은 돈이 없을 때는 돈만 있으면 뭐든 해결이 되고 행복해질 것이라고 생각합니다.

하지만 돈을 갖게 되면 권력이 갖고 싶어지고 권력을 가지면 우쭐해하고 어깨에 힘이 들어갑니다. 주머니에 돈이 없으면 불안스러워 하는 사람도 있습니다. 그렇지만 권력이, 돈이, 명예가 행복을 결정지어주지 않는다는 것을 압니다.

권력을 가지면 돈을 가져다주는 사람도 생기고 아부도 하고 자신의 이익을 위해 권력자에게 맘에 없는 말도 하게 됩니다. 권력자는 권력을 이용해 돈을 받기도 하고 사람을 업신여기며 이용하기도 합니다.

그런 과정에서 빚도 지고 빚을 지게 만들기도 합니다. 그러다 상대가 내가 원하는 대로 해 주지 않으면 섭섭해 하고 심지어 목숨을 요구하기도 합니다.

　나는 이런 세상을 보면서 나도 똑같은 사람인 걸 알지만 가슴이 아파 옵니다. 빚진 삶이란 언젠가는 또 다른 모습으로 나에게 내 가족에게 상처로 고스란히 돌아올 것을 알기에 나와 같은 모습의 사람들을 보면서 마음이 어두워집니다.

내가 생각하는 하나님은

　내가 생각하는 하나님은 너무나 아픈 하나님입니다. 사랑을, 너무나 많은 사랑을 갖고 계신 분이기도 하지만 가슴이 아파 눈물을 너무나 많이 흘려 눈이 너무나 짓물러 버리고 가슴은 온통 한으로 멍들었고, 상상도 못할 피눈물을 흘리신 분입니다.

　용서와 사랑만 가진 하나님이라고 알려져 있지만 내가 느낀 하나님은 너무나 아픈 하나님이었습니다. 하나님은 아파하는 아이를 바라보며 가슴 아파하며 지켜보는 어머니의 마음입니다. 그리고 그 아픈 아이가 스스로 일어나 어머니의 품으로 달려오기를 간절히 바라는 마음입니다. 그리고 내 아이를 아프게 하면서도 다른 아이를 품고 사랑하는 마음을 가지길 간절히 바라기도 하십니다.

하늘에 떠 있는 태양처럼 너의 하나님 나의 하나님이 아니라 모두를 비추는 태양처럼 모두를 너무나 사랑하시는 분이시기도 합니다. 울음을 삭히면서 사랑하는 아이를 강하고 선하게 되기를 매와 채찍을 아끼지 않으시는 어머니 마음 그 자체입니다. 나는 나의 하나님을 원망한 적도 많았습니다. 나의 인간적인 슬픈 처지에 왜 나만 이렇게 살아야 하는지 남들처럼 살고 싶은 마음에 눈물 흘리며 원망하기도 했습니다.

내가 잘 살고 남들보다 원하는 바를 전부 이루게 해 주시는 분이 하나님인줄 알았습니다. 하지만 지금의 이런 우울한 처지도 결국 나를 예전보다 강하게 겸손하게 만들어주신 하나님의 귀한 사랑임을 깨닫게 되었습니다. 지금의 나는 나를 지금의 나로 만들어 주신 하나님을 생각하면 가슴이 아프면서도 생각할수록 감사의 마음이 생깁니다.

하나님의 능력은 상상할 수 없을 정도로 강하셔서 이 병든 세상을 없애고 새롭게 만들 수 있겠지만 사람들 스스로 선을 행하고 더럽혀져 있는 세상을 고쳐나가 하나님의 품으로 돌아 오기만을 바라고 계실거란 생각이 듭니다. 나에게 하나님은 내가 생각하는 이상으로 나를 알고 계실 것이고 내가 알고 있는 것보다 훨씬 큰 사랑과 아픔을 지니신 분이라는 생각을 합니다.

여러분이 생각하고 느끼는 하나님은 어떠신가요?

나에게 하나님은 항상 나를 지켜보고 위험한 일이 생기면 누군가의 마음을 움직여서라도 구해 주시는 하나님이시기도 하십니다. 예를 들면 내가 잘못된 생활 습관으로 인하여 몸에 병이 생겼음에도 불구하고 무방비로 있어 미처 나의 병을 알지 못했을 때도 위험한 순간이 되면 어김없이 주변의 사람들의 마음을 움직여서 나를 위험에서 최대한 구해 주시려고 보이지 않는 가운데 항상 나를 염려하시는 분이십니다.

나는 나의 생활과 경험을 바탕으로 이런 사실을 느낄 수 있었습니다. 현재 내가 불행한 생활을 한다 해도 시간이 흐르면 아 그때는 그런 이유에서 그런 일이 일어난 것이라는 걸 깨닫게 되는 경우도 있었습니다. 그래서 나에게 하나님은 사랑이고 아픔이고 편안함이고 깨달음의 원천이었습니다.

그렇지만 내가 죄를 지었을 때 단호히 나를 벌주시는 것도 하나님이십니다. 계속 잘못을 저지르고도 내가 그것을 인지하지 못하고 그대로 생활을 계속할 때 용서하시는 것이 아니라 목숨을 거두어 가는 경우도 있습니다.

내가 느낀 하나님은 너무나 정확하고 한 치의 오차도 없이 분명한 분이십니다. 선한 것이라면 100% 선한 것을 원하시고 절대 공짜가 없습니다. 무엇이든 그 대가가 있고 분명한 원칙을 가지고 있습니다. 나의 하나님은 정확하고 원칙의 하나님이십니다.

내가 바라는 세상

사람들마다 조금씩의 향기가 있습니다.

죄를 짓지 않은 사람에게서는 냄새가 나지 않습니다. 우리의 코와 눈이 가려져 있어 느끼지 못하지만, 사람이 죄를 짓거나, 마음이 어두우면 냄새가 납니다. 그 냄새는 말로 할 수 없을 정도로 기분 나쁜데, 죄를 많이 지은 사람은 그 사람의 영혼이 부패하고 썩어 있어 아무리 몸을 씻어도 냄새가 나게 되어 있습니다.

원래 사람은 죄를 짓지 않았으면 병도 없고, 사춘기적 증상도, 임신 후 입덧 같은 것도 없게 되어있습니다. 하지만 죄를 지어 죄의 역사를 갖고 있기에 지금 죄를 짓지 않았다 해도 조상으로부터 내려오는 죄와 나중에 내가 지은 죄가 보태져 냄새는 지워지기가 힘이 듭니다.

사람들은 살면서 한번쯤 사고나 병으로 아프게 됩니다. 마음을 선하게 먹고 조금씩 질서와 원칙을 지키며 산다면 느끼지 못하는 냄새도 없앨 수 있고, 믿기지 않는 병도 나을 수 있을지 모릅니다.

나는 자폐를 가진 아이들을 복지 시설에서 보아 왔습니다. 원인을 명확히 알 수 없이 평생 남의 도움을 받으며 사람답게 살지 못하는 아이들입니다. 병원이 많이 생기고 의학이 눈부신 발전을 하여도 증상을 완화시킬 뿐, 완치할 수 없는 병들이 생겨나기도 하고, 예전에 밝혀 지지 않았던 이상한 정신질환도 많이 생겨나는 것이 지금의 현실입니다. 나는 자폐아를 보면서 아이도 형벌이지만, 그 속이 뭉그러진 부모님도 형벌이란 생각이 듭니다.

우리가 알 수 없는 기이한 현상들이 그냥 남의 일이라고 덮어버리기엔 너무나 가슴 아프고 속이 상합니다.

단순한 죄의 역사가 빚어낸 엄청난 비극들이 내가 아니어도 내 이웃, 이웃나라에서 펼쳐지는 가슴 아픈 현실이 되어 버린 지금, 지금의 나에겐 먹고 사는 것이 우선이지만, 자폐아들을 보고 있으면 어쩌다가 세상이 이 지경까지 왔을까 이 안타까운 세상을 고칠 수는 없는 걸까 생각합니다.

이 모든 것이 남의 일이 아닙니다. 나는 멀쩡히 살아 있으면서 순간적으로 보이는 귀신도 보았고, 너무나 쇠약해져 방바닥에 쓰러지면서 내 영혼이 순간 분리된 적도 있었습니다.

나는 느끼지 못했지만 아주 예전에 돌아가신 우리 조상님께서 병약한 나를 살리시기 위하여 보이지 않는 가운데 많이 도와주셨고, 언제나 보이지 않는 가운데 나를 사랑하고 염려 하시는 것을 알고 있었습니다.

나는 어렸을 때부터 사고가 나면 누군가가 나를 구해주었고, 커서는 사고가 나려고 하면 미리 내 눈에 사고 장면이 보이기도 했으며, 조금이지만 영적인 현상을 겪으며 자랐습니다.

흔히 말하는 신 끼가 있었습니다. 어느 누구에게나 조금씩은 그런 현상이 있습니다. 나는 조상님께서 부족한 나를 살게 해 주시고, 지금의 나로 살게 해주신 이유가 분명히 있다고 생각했습니다.

냄새나는 세상, 병원에 가면 병자가 병원을 가득 채우고, 문란한 성생활로 무분별하게 살아가는 사람이 많은 세상, 전쟁을 합리화시키고, 사람을 죽여도 죄의식이 전혀 없는 세상.

어떻게 고칠 수는 없을까요. 지금 당장이 아니라 백년 후라도, 천년 후라도 이 어지러운 세상 바로 잡을 수만 있다면 얼마나 좋을까 라는 생각을 합니다. 나는 아직 냄새나고, 죄 많은 나지만, 그분의 말씀대로 살고 실천한다면 가능할지도 모를 일입니다.

우리는 아무도 정직하게 완벽하게 살아본 적이 없는 사람들입니다. 지금까지 살아온 방식을 바꿔본 적도, 남을 내 몸처럼 내 가족처럼 사랑하고, 남의 아이를 내 아이 이상으로 사랑해본 적이 없는 우리들입니다. 너무나 어려운 실천이지만 한걸음, 한걸음 내딛는다면 가능할지도 모릅니다.

작은 나의 바람이지만, 꼭 아름다운 세상이 되었으면 좋겠습니다. 진정한 아름다운 세상은 아픔도 없고, 슬픈 것도 없는 세상이 아닐까요? 그런 세상이 오리라고 상상도 할 수가 없지요.

지구는 온난화로 인하여 물속에 잠길지도 모르는 세상이 되었고, 예상도 하지 못했던 이상한 질병이 생기고 사람도 지구도 아파하는 세상이 되었습니다.

성경책을 보았습니다. 태초에 지구가, 인류가 탄생했을 때의 이야기를 읽었습니다. 지구도 인류도 하나님의 말씀으로 생긴 것을 알 수가 있었습니다. 하지만 인간은 말씀을 지키지 못해 고통을 갖게 되었고, 죄악을 저지르며 하나님과 멀어진 것으로 되어 있었습니다.

인간은 수많은 말을 하며 살고 있습니다. 하나님의 말씀을 어긴 것만으로 엄청난 죄의 역사가 시작되었고, 사람과 사람의 관계에서도 말을 어기고, 약속을 어기고 지키지 못할 말을 수없이 하고 살아가고 있습니다.

세상의 주인이 되어 자신의 말에 책임을 지고 살아야 할 인간이 자신의 말에 완벽히 책임을 지면서 사는 사람이 얼마나 있을까요.

나 역시도 지키지 못할 말들을 수 없이 하고 살고 있습니다. 지금 이렇게 아프고 병든 세상이 되어 버린 것에는 처음부터 약속도 지키지 못하고 거짓되게 살아가는 인간에 대한 경고가 아닐까요?

나는 이렇게 아픈 세상을 보면서 마음이 아프기만 합니다. 누구도 치유해주지 못할 만큼 병들어 버린 세상. 이렇게 병든 원인이 있을 것입니다.

태초에 말씀을 어긴 것이 원인이기에 말씀을 지켜보는 것도 이런 병든 세상을 고칠 수 있는 첫걸음이 될지도 모를 일입니다. 지금은 태초의 세계와 달라 하나님의 말씀을 지킬 수 없지만 자신이 자신의 말에 책임지고, 자신의 행동에 책임을 질 수 있는 내가 되도록 노력해 보면 어떨까요?

흔히 사람들은 자신의 무책임한 행동과 말에는 관대하지만 타인의 행동과 말이 약속과 다를 때 흥분하고, 분노를 느낍니다. 그래서 책임질 수 없는 공약을 내세우고, 내 목적을 이루고 나면 언제 그랬냐는 듯 자신의 말을 잊어버립니다. 거짓된 세상에 거짓된 사람이 살고 있는 것입니다. 앞으로의 세상은 조금이지만 자신의 말에 책임을 지고 올바른 행동을 하는 사람이 건강하게 살게 되는 세상이 될지도 모릅니다.

만약 당신이 무서운 중병에 걸린 환자라면 병원에서 치료도 받아야 되지만 지금부터라도 자신의 말에 책임을 지는 행동을 하며, 겸손하고 건전한 생활을 해 보길 권하고 싶습니다. 당신의 마음속에 선한 마음이 주인이 되도록 생활을 변화시키고, 마음을 변화 시켜보면 어떨까요. 어느 누구도 해 보지 못한 방법이지만 예상치 못한 기적이 일어날지도 모릅니다.

나는 병원에서 치료할 수 없는 병을 가진 사람들이 분명히 많이 있으리라 생각합니다.

이 책을 읽으신 분이라면 이 방법을 권해보고 싶습니다. 비록 병이 낫지 않는다 하더라도 새롭게 변한 자신을 발견하게 될 것입니다. 나는 진심으로 아름다운 세상이 되기를 바랍니다.

세상이 물에 잠기지 않고, 법을 지키고, 아름다운 마음을 가진 사람들이 많은 아름다운 세상. 질병도 없고, 사고도 없고, 병원이, 경찰이, 감옥이 사라지는 세상이 되기를 간절히 바랍니다. 여러분이 그 출발점이 될 수 있기를 바랍니다.

나는

나는 1962년 11월 경북의 한 작은 마을에서 태어났습니다. 아기 때부터 많이 아파 죽을 거라고 해서 아버지가 비방으로 지붕 양끝처마에 작은 병에 뭔가를 넣어 매달아 놓기도 했습니다. 많이 아파서였는지 초등학교 입학 전에는 친구도 없었고, 언제나 혼자 놀았던 기억이 납니다. 체구도 작고 자주 아파 1학년 때는 오리나 되는 학교길이 왜 그리도 멀고 힘이 들든지 바람이라도 세게 부는 날이면 바람에 밀려 넘어지기도 했습니다.

병이 나서 학교에 가지 못해 방문을 열고 앉아 학교 가는 친구들을 멍하니 바라본 적도 있었고 시험지 같은 것을 같은 학년인 조카가 가져다주기도 하였습니다. 날씨가 맑고 화창한 가을날에 친구들과 짙은 녹색 무를 주인 허락도 없이 뽑아 단 부분만 베어 먹고 버린 적도 있었습니다.

남의 것을 겁 없이 먹고 그것이 잘못되었다는 생각은 아예 하지도 않았고, 동네어른이나 부모님들조차도 "남의 것은 먹는 게 아니란다." 라는 말씀은 들어보지도 못했습니다. 친구들과 나는 밀밭에서 밀을 뽑아 불에 구워먹기도 했고, 입주변이 까맣게 되어 집에 들어가도 야단치는 어른은 아무도 없었습니다. 그 시대에는 먹고 살기가 바빠 아이들에게 큰 관심도 물론 없었겠지만 나쁜 행동에도 그럴 수도 있지 라고 무심히 넘어가버리는 것이 관행처럼 되어버린 것은 아니었을까요.

우리가 살아가면서 무심히 넘겨버릴 수 있는 일들이 나중에는 커다란 사건이 될 수도 있다는 것입니다. 그것이 이 세상을 이렇게 만들지는 않았을까요?

그나마 다행이었던 것은 학교에서의 선생님의 말씀이었습니다. 쓰레기 버리지 않기, 인사 잘하기, 물건을 훔치면 안 된다 등등 그런 말씀이 없었다면 그냥 남의 것도 아무 죄의식 없이 자기 것으로 만들어 버린다든지 하는 잘못을 저지르고 살았을지도 모를 일입니다. 내가 갖고 싶으면 남의 것도 무조건 가져야 하고 부모님이 힘이 들든 말든 무조건 내 손에만 넣어야 직성이 풀리는 아이들도 요즘에는 많이 있습니다. 아이의 잘잘못을 일찍이 깨우쳐 주지 못하고, 귀찮으니까 어쩔 수 없으니까 라며 아이들에게 해 줄때가 많이 있습니다. 어렸을 때부터 아닌 것은 아닌 것이라고 명확히 구분하게 해 줘야 되며, 옳은 판단을 할 수 있게 해 줘야 한다고 생각합니다.

1학년을 마치고, 우리 집은 읍내로 이사를 하였습니다. 덕분에 학교는 10분만 걸으면 닿는 가까운 곳으로 아파도 결석하지 않고, 나머지 5년을 다닐 수 있었습니다. 자라면서 점점 건강해져, 친구들도 많이 사귀고, 친구들이 집에 놀러오기도 하고, 친구 집으로 놀러 가기도 했습니다.

집은 가난했지만 어렸을 때는 아무것도 몰라 행복했던 기억이 납니다. 방과 후, 집으로 돌아오면 라디오에서 감미로운 노래가 들려오고, 부엌에선 엄마의 칼국수 삶는 냄새가 구수한 그런 집.

하지만 가끔씩 서울 갔던 오빠가 돌아오면 무슨 까닭인지 아버지와 오빠는 밥상 앞에서 심하게 다투었고, 밭에서 일하고 해질 때 돌아오는 엄마는 먹을 것을 잔뜩 머리에 이고 오셔선 아프다고 앓아눕기도 했습니다.

아버지는 한약방을 하셨는데 온종일 손님과 말씀하시거나 약을 짓거나 하셨고, 언니들과 나는 환약을 만들거나, 작두로 약을 썰기도 하고, 약을 말리거나 했습니다.

나중에 커서 알게 되었지만 재혼한 아버지와 처녀로 시집온 엄마. 엄마는 가난으로 울면서 시집을 왔고, 아버지는 아내가 아닌 가정부로 엄마를 맞이하였다는 것을 알게 되었습니다.

아버지가 엄마를 대하는 것을 보면 언제나 무시하는 투였고, 소위 대단하다는 손님이 오면 아내라고 소개하지 않았습니다. 엄마가 낳은 오빠 위로 나에게 부모 같은 언니, 오빠가 있었는데 우리를 동생처럼 대하지 않고 언제나 무섭게 대해서 남보다 못한 사람들처럼 느껴졌습니다.

나에게 할아버지 같은 아버지는 언제나 효도만 강조했고, 어쩌다 시험을 잘 치면 거지에게 돈을 던져주듯 동전 하나를 툭 던져 주곤 하였습니다. 내가 본 아버지는 무섭기만 하고 언제나 불편한 존재였습니다. 그래서 어려운 것이 있으면 언제나 엄마만 찾았고, 그냥 만만하고 편하게만 대했습니다. 어린 기억으로 엄마가 울던 기억도 납니다.

엄마는 이런 집이 힘들었는지 내가 태어나고, 일 년쯤 지나서부터 종교에 심취하기 시작했습니다. 그 종교는 엄마가 원하는 것을 이루게 해 준다고 했고, 엄마는 그 유혹에 빠져 아무리 바쁘고 힘이 들어도 교회일 만큼은 빠지지 않고, 참가했습니다.

엄마는 교회에서 한 번 더 결혼식을 올리면 죽은 후 영원히 행복한 부부로 살 수 있다는 말에 그 말을 믿고 열심히 교회에 다녔습니다. 엄마는 교회일이라면 뭐든 열심히 했고, 교회 손님이 오면 고마워하며 황송해 하기도 했습니다. 나는 그런 엄마가 싫었습니다.

내가 고등학교 때 교회에서 결혼식이 있었습니다. 언니 둘은 엄마가 원하던 대로 교회에서 형부들을 만났습니다. 큰 언니는 형부가 맘에 들지 않는다며 결혼을 거부했고, 엄마는 언니가 결혼을 하지 않으면 죽겠다며 서로 버티었습니다. 언니와 엄마의 신경전은 나의 생각도 바꾸게 했습니다.

나는 교회 결혼 외에 그 어떤 결혼도 상상할 수 없겠구나 하고 생각했습니다. 사실 나는 우리 집에 대해 항상 부끄러웠고, 자라면서 조금씩 아버지 어머니의 모습이 친구의 부모님들과 비교가 되고, 할아버지와 같이 사냐는 친구의 말에도 부끄러워 아무 말도 못했으며, 중학생이 되면서 나의 속사정을 알아버린 친구들도 많아져서 그 때부터 나는 숨기고 싶은 우리 집, 사이비교에 다니는 이상한 집으로 비춰지면서, 나는 언젠가 이 집을 떠나 멀리 가서 살고 싶다고 생각했습니다.

그 돌파구가 결혼일 거란 생각도 했습니다. 그냥 막연히 멀리 가고 싶다는 생각은 했지만, 교회결혼은 생각하지도 못했는데 엄마의 절대적인 믿음은 나를 교회결혼을 하자는 쪽으로 마음을 굳히게 만들었습니다.

오로지 교회에만 집착하는 엄마는 결국 교회에서 행하는 결혼식을 아버지와 다시 하게 되었고, 그 결과 엄마가 원하는 내 동생이 태어났습니다. 내 동생이 생긴 것이 어린 나에겐 커다란 충격이었고, 엄마는 하늘이 내린 자식인 것처럼 소중히 키웠습니다.

아버지는 우리와는 달리 내 동생에게는 많은 애정을 쏟았습니다. 엄마의 욕심으로 태어난 동생은 나이 많은 부모, 부모 같은 형제들에게 밝게 보였지만 가슴에 커다란 응어리를 가지고 자랐습니다. 이런 부끄러운 집은 내게는 숨기고 싶은 비밀이 되었으며, 거짓으로 적어내는 가족 란이 되었습니다.

방과 후 집에 오면, 큰 언니가 엄마같이 든든했고, 엄마보다 언니가 부엌에서 밥을 해 주던 기억이 납니다. 크면서 부모님보다 언니 말을 더 믿을 만큼 언니를 부모님 이상으로 느낄 때도 있었습니다.

언제나 불편한 아버지, 교회 일이라면 한 달 넘게 집을 떠나 전도 활동을 하러 다니는 엄마, 난 그런 아버지, 엄마를 못 마땅히 여기면서도, 어릴 적부터 열심히 세뇌된 덕분에 나는 하나님은 그 종교의 교주인 줄 알았고, 이 세상을 구원 할 분도, 그 교주라고 생각했습니다.

어머니는 내가 고등학교 졸업을 하자 바로 교회에서 행하는 수련회에 보냈습니다. 일주일간의 수련회 기간 동안의 설교는 내게 교회와 더욱 가까워지는 계기가 되게 했습니다. 어느 종교나 마찬가지겠지만 종교에 귀의하게 되면 자신은 선택 받은 것처럼 느껴지고, 종교를 믿는 자신은 죽어서라도 좋은 곳으로 갈 것이라는 믿음으로 다니게 됩니다.

그것은 사람을 교만으로 이끌게 하는 계기가 되기도 합니다. 얼굴은 부처님 얼굴을 하고, 마음속은 자신만이 구원 받았다면서, 지나간 죄까지도 합리화시키는 사람처럼 말입니다. 적어도 나는 그렇게 되는 것을 느꼈습니다. 이렇게 나는 서서히 나만의 교만심에 빠져들었고, 잘난 것도 없으면서 고개를 들고 보통사람 이상으로 자존심도 강하고, 잘난척하는 사람이 되어갔습니다.

고등학교 졸업 후, 언니의 도움으로 집에서 가까운 대학에 다니게 되었습니다. 먼 곳은 집안 형편상 꿈꿀 수도 없었고, 형편없는 학력고사 점수로는 집을 벗어나고 싶었던 내 소망을 접고, 통학 가능한 학교를 선택하게 되었습니다.

종교결혼이란 미래는 내게 남자친구를 사귈 마음을 가질 수 없게 만들었습니다. 대학교 2학년 때 나를 좋아하는 사람이 생겼습니다. 그는 일반교회를 다니고 있었는데 내가 사이비교를 믿고 있음을 안타까워했고, 나로 인해 혼자 힘들어하기도 했습니다.

그 후 그는 목사님이 되었습니다. 나는 사람을 정해 사귀지는 않았지만 남자들이 싫지는 않았습니다. 여러 명의 친구들과 어울리기도 했고, 데이트 중인 친구를 따라다니기도 했습니다.

학교 때 내가 가장 좋아한 친구가 있었습니다. 나는 집보다 친구가 좋았고, 학교를 핑계로 열심히 밖으로만 다녔습니다. 우리 집과는 다른 다정다감한 오빠를 가진 친구가 좋았고, 내 속마음을 얘기하며, 비밀 없이 터놓을 친구가 있어서 행복했습니다.

언제나 그 친구와 붙어 다녔고, 그 친구의 데이트 중에도 나는 미안해하지 않고 셋이 같이 다녔습니다. 학창시절의 유일한 버팀목이 되어주었던 친구. 나는 그 친구를 잊을 수가 없습니다.

같이 밥을 먹으며 서로 챙겨 주었고, 아플 때면 걱정하고 아껴주던 고마웠던 친구. 나는 내 가족보다 그때는 그 친구가 좋았고, 식사 중에도 뭘 먹으라고 권하지 않는, 맘에 드는 반찬은 당신 앞으로 당겨놓고 다른 사람은 생각도 않는 아버지. 돈 한 푼 달라며 집에 오는 손님을 십 원 짜리 하나 그냥 주는 법이 없는 당신만 최고인 아버지와 가정에 많이 무관심한 엄마를 보며 자란 나에겐 먹는 반찬 권하며 밥 위에 얹어주는 친구 집이 이상하게 보이면서도 좋아보였고, 다른 사람을 챙길 줄 아는 친구가 좋 았습니다.

나도 그런 친구를 챙기고 싶었습니다. 당시 나는 내 종교에 빠 져 있었고, 내가 다니는 교회에 그 친구를 권하는 것이 나의 우 정이라 생각했습니다. 지금은 그 친구에게 정말 미안합니다.

학교 졸업 후 친구와 나는 여기저기 취업문을 두드렸지만 잘 되지 않고, 1년을 취업 준비로만 시간을 보냈습니다. 그러다 교회 에서 "전국순회전도단" 이라는 곳에 가기를 권했고, 친구와 나는 일명 순전단 이란 곳에 들어가게 되었습니다. 전국의 대학졸업자 들을 모아 만든 모임이었습니다. 그 곳에는 교회에서 결혼한 사 람들의 자녀라는 귀한 신분의 아이들과 대학교에서 교회로 전도 된 사람들이 대부분이었습니다.

약 1년 정도 합숙훈련을 하면서 교리도 배우고, 앞으로 교회의 전도 활동에 동참할 인재를 키우는 제도였습니다. 친구와 나는 종로에 있는 꽤 넓은 주택에서 합숙생활을 시작하게 되었습니다. 입소 후 각자 자기소개를 하고 합숙훈련을 시작하게 되었습니 다. 약 30명 정도 모여서 생활하자니 생활비도 필요해서 입소 후 얼마 뒤 모금활동을 시작했습니다.

모금활동으로 모은 돈의 일부는 교회에서 운영하는 야학의 교재비로 쓰였고 나머지는 훈련생활비로 사용되었습니다. 물론 모금활동은 야학 운영비라고 도와 달라며 서울 시내에서 이루어졌습니다. 차츰 전국으로 확대해 나갔습니다. 우리는 그것이 선한 얼굴을 한 도둑질인 것을 몰랐습니다. 남의 주머니에서 돈을 꺼내도록 만들고, 돈을 준 순수한 마음을 뒤로 한채 우리는 그것으로 먹고 마시면서도, 죄인 줄 아무도 몰랐습니다.

종교라는 가면은 모든 것을 합리화시키기에 부족함이 없었습니다. 그 외에도 복조리 장사도 하고, 엿도 팔러 다녔습니다. 밤세워 만들다 보니 새벽에 길을 걷다가 존 적도 있었습니다. 그때는 그렇게 하는 것이 당연한 것이었고, 그렇게 돈을 버는 것이 나쁘다는 생각도 하지 않았습니다.

그냥 젊은 친구들이 모여 무엇을 한다는 것이 재미가 있었고, 그것이 최고인줄 알았습니다. 가끔씩 교주가 참석한 집회에 가기도 했는데 무슨 말인지도 모르겠고, 감동도 없는 강의 내용이었지만 참석자체가 대단한 것처럼 느껴지기도 했습니다. 남이 좋다면 그렇게 보이는 것처럼 말입니다. 그렇게 1년을 보냈습니다. 규칙적인 생활에 다른 친구들은 건강해졌다고 했지만, 나는 요양을 받으라고 할 만큼 몸이 힘들었습니다.

순전단 활동이 끝난 후 나는 교회에서 만든 야학에 지원을 했습니다. 나는 누군가를 위해 무료로 하는 야학이 좋았습니다. 모집광고를 내고, 교회에서 후원하는 돈으로 저녁이면 라면을 끓여 학생들에게 나눠주는 것도 좋았습니다. 자원 봉사 교사들도 사람들이 좋아 야학에 있는 시간은 좋았습니다. 하지만 교회에선 목적을 둔 야학이었고, 순수한 의미로 만든 것 같았지만, 그 속에는 교회에 대한 홍보와 전도가 목적이었습니다.

내가 교회에 빠져 있을 때는 나는 특별한 사람처럼 생각될 때도 있었고. 교회에 사람들을 이끌어 들일 때도 좋았습니다. 그렇다고 늘 좋지만은 않았습니다. 야학의 후원금을 자신의 아이의 과외비로 쓴 목사님을 보면서 회의도 느꼈고, 목사님과 다투기도 했습니다.

교회 전체를 보면 신도들에게 사업을 시키고, 주일마다 내는 헌금으로 신문사를, 회사를 차려 사업을 하는 교주를 보고도 그래도 이 세상을 구원할 거라 믿으며, 죽어서 좋은 곳으로 가게 해 줄 거라 믿는 사람도 많았지만 과연 그럴까 의심하는 사람도 많았습니다. 교주를 통해서 결혼하고 아이를 낳으면 대부분은 그 아이가 최고라고 생각하며 키웠습니다. 마치 하늘이 내린 축복이라 여기면서. 내가 본 교회는 돈 있고, 학벌이 높으면 인정을 받았고, 결혼 2세라는 이유로 대단한 사람으로 인정받는 사회였습니다.

이 땅에는 종교라는 이름으로 얼마나 많은 죄악들이 정당화 되고, 종교만 믿으면 자신의 죄까지도 벗겨줄 거라 착각하는 사람들이 얼마나 많은지 모릅니다.

나도 그랬습니다. 나는 학교에 다니듯 일요일이면 교회에 가고, 내가 얼마나 욕심이 많은지 전혀 느끼지 못하면서 선한 일을 하는 종교인으로 착각하고 말입니다. 그렇게 야학에서 2년이 지난 어느 가을 날 야학 본부에서 서울에서 모이라는 지시가 내려왔습니다. 그것이 결혼 준비라는 것을 전혀 몰랐고, 그냥 집회가 있다고만 생각했습니다.

많은 처녀 총각들이 전국에서 모였습니다. 본인이 원해서 왔거나 부모, 지인의 권유로 참석한 사람들이었습니다. 큰 강당에 여자, 남자 반으로 나뉘어 줄 세워 앉았습니다. 지금 생각해도 참으로 황당한 일이었습니다. 교주가 여자 쪽이나 남자 쪽을 훑어보고 "너"라고 하면 어떤 변명도 없이 그 자리에서 엮어지는 예비부부들, 교주의 어떤 말도, 지시도 모두 법이 되는 곳, 나는 이런 결혼은 하고 싶지 않았습니다.

더러는 교주에게 감사함을 표시하기도 했고, 많은 일본 사람과 한국 사람을 연결시켜준다며 연신 자랑하는 교주의 눈빛이 무섭게 느껴졌습니다. 그 날 이뤄진 예비부부는 일본 사람과 한국 사람이 만나는 자리였습니다. 일본에서 참석하지 못한 일본 사람은 전신사진을 찍어 보냈고, 한국 사람은 그 사진을 받아 들고,

감사하다며 절을 하고 강당을 빠져 나가는 사람도 있었고, 살그 머니 사진을 앞으로 갖다 놓는 사람도 있었습니다.

내가 가장 좋아하는 친구도 그 자리에 있었는데 나는 친구를 불러내 한국 사람이 아니면 하지 말라고 얘기했습니다. 내가 화 장실에 간 사이 친구는 교주에게서 사진을 받아들고 맘에 안 든 다는 표정을 지었습니다. 나는 순간 어떤 사람을 만나게 될까 궁 금하기도 했습니다.

많은 사람이 제 짝을 만났고, 몇 명 남지 않은 가운데 나는 여 자 줄 맨 뒤에 앉아 고개를 푹 숙이고 있었습니다. "너"하는 소 리에 고개를 살며시 드는 순간 교주와 눈이 마주쳤고 섬뜩한 소 름이 끼쳤습니다. 선하고 위대한 사람의 눈빛이 아닌 악마의 눈 빛으로 느껴졌기 때문에 머리에 뭔가 맞은 것 같은 느낌이 들었 습니다.

얼른 남자 쪽을 바라보니 이미 어떤 사람이 일어나 있었습니 다. 나는 먼저 교주에게 형식적인 절을 하고 짐과 신발을 들고, 도망치듯 그 자리를 빠져 나왔습니다. 내 짝이 된 남자는 내 뒤 를 황급히 따라 나왔고, 나는 울면서 도망을 쳤습니다. 2층에서 1층으로 내려왔는데 나가려고 보니 출입구에서는 검은 양복을 입은 덩치가 큰 건장한 남자들이 지키고 있었고, 나는 밖으로 나갈 수가 없어 어떤 방으로 들어갔습니다.

그 방에서 나는 떨리는 손으로 이름을 적었습니다. 여기서 나가면 끝이다 생각했습니다. 상대 남자의 얼굴도 관심이 없었습니다. 어차피 헤어질 사람이라 생각했습니다. 그 남자는 너무나 좋아했고, 결혼할 인연을 만날 거라고 미리 알고 온 듯했습니다. 방에서 간단한 설교를 듣고 나는 아무 말도 없이 집으로 내려왔습니다.

교회에서 일본사람을 만났다는 소식을 미리들은 엄마는 일본사람이니 하지 말라는 말을 기대했던 나에게 무조건 해야 된다며 나의 생각은 듣지도 않았습니다. 나는 자라면서 엄마가 하는 말은 잘 듣는 편이었기 때문에 엄마의 말을 거역할 수 없었습니다. 하지만 그 남자를 만나면 이런 결혼은 하지말자고 얘기해야지 생각했습니다.

두 번째 그를 만나러 갔는데 당연한 결혼이라 받아들이는 그에게 내 마음을 얘기했지만 그것도 허사였습니다. 나는 울면서 그를 내 인연으로 받아들였습니다. 나는 그에게 아무런 감정도 느끼지 못했지만 당연히 받아들여야 할 운명으로 체념해 버렸습니다.

학교 운동회 행사 같은 결혼식을 마치고 신혼여행을 갔습니다. 나는 신혼 여행지에서 밥을 먹으면서도 눈물을 흘렸습니다. 결혼은 마음에 드는 사람하고 해야 되는 건데 참 어리석었습니다.

그 후 교회에서 행하라는 이상한 의식을 치루며 부부로써 같이 만나기도 했습니다. 결혼 후에도 교회에서 정한 3년이란 시간을 떨어져 지내야 했습니다. 3년이란 기간은 교회에 헌신하는 기간이었습니다. 남자들은 직장을 갖고 있어서 헌신을 하지 않았지만 여자들은 전국에 있는 교회에 몇 명씩 배치가 되어 임지활동이란 것을 해야 했습니다. 전도활동도 하고 생활비도 벌면서 3년을 보내는 것이었습니다. 다행히 나는 야학에 소속이 되어 교회에 배치는 되지 않았습니다.

　결혼 전 야학에서 나를 좋아하는 사람이 있었습니다. 물론 나도 마음이 흔들렸지만, 교회결혼이라는 마음속의 결정으로 인해 쉽게 그 사람을 받아들일 수가 없었습니다. 나의 갑작스런 결혼으로 인해 그 사람이 힘들어 한다고 생각했습니다. 나는 그 사람을 위해 남편이 있는 서울로 야학을 옮기게 되었습니다. 그리고 이미 남편이 된 사람을 마음속으로 사랑하기 위해 나름 노력도 했습니다. 그렇게 서울로 거처를 옮기고 얼마 지나지 않아 나는 감기로 앓아누웠습니다. 그때부터 나는 크게 아프기 시작했습니다. 약도 먹어보고 한의원에도 다녔지만 전혀 나을 기미가 보이지 않았습니다. 결국 아픈 나를 언니가 부모님이 계신 집으로 데려다 주었습니다. 집에서도 약을 먹어도 열은 내리지 않았고, 아버지는 콜레라인가 걱정했습니다.

그때 그분을 엄마가 모셔 왔습니다. 그분이 오시던 날 나는 순식간에 열이 내리고, 몸이 개운해지면서 언제 아팠냐는 듯 자리에서 일어나게 되었습니다. 그분을 뵈면서 나는 너무나 기분이 좋았습니다. 그리고 서울로 되돌아간 나는 얼마 지나지 않아 또 아프게 되었습니다.

갑자기 배가 부어오르고 잠을 못 이룰 만큼 통증이 왔습니다. 늦은 밤 순식간에 이뤄진 일이라 병원에는 다음날 아침 바로 갔습니다. 각종 검사를 했지만 발병원인을 찾을 수가 없었습니다. 며칠 약을 먹어도 차도가 없자 또 친정으로 내려 왔습니다.

또 잠깐 그분을 뵈었고, 아버지가 지어준 약을 먹자 일주일도 되지 않아 배가 원래대로 돌아왔고, 언제 그랬냐는 듯 일상생활을 시작했습니다.

다시 서울에서 생활하게 되었고 남편은 일본으로 돌아간다며 일본으로 갔습니다. 그리고 며칠 후, 갑작스런 연락을 받고 친정으로 내려 왔습니다. 집으로 내려오니 가족들이 모인 자리에서 엄마는 이제 교회를 그만 다닐 거라고 얘기 했습니다. 우리는 모두 기뻐하며 찬성을 하였습니다.

그러나 나는 너무나 열심인 남편이 걱정이 되었습니다. 형부들은 처음부터 교회에 관심도 없었으니까 괜찮았지만 남편은 그렇지가 않았습니다. 나는 서울로 올라와 야학을 정리했습니다. 집도 버리고 다시 집으로 내려왔습니다. 그리고 그분을 뵈었습니다. 그때 내 운명을 말씀하셨습니다. 남편과 같이 살 수없는 운명이라고 하셨습니다.

나는 남편과 헤어지는 것이 슬픈 것이 아니라 혼자 살아야 되는 내 운명이 싫었습니다. 너무나 갑작스런 일이라 눈물이 났습니다. 내 생각은 교회만 떠나고 남편과 같이 평범하게 살기를 원했습니다. 결혼을 하지 않았을 거면 모르지만, 어떤 결혼이든 결혼만 하면 무조건 죽을 때까지 살아야 한다고 굳게 믿고 있었기에 불쌍하게 살아야 될 내 운명이 서글퍼 눈물이 났습니다.

그에게 전화가 왔습니다. 나는 이제 교회를 다니지 않을 것이니 헤어지자고 얘기했습니다. 그리고 그를 잊어버렸습니다. 언제 울었냐는 듯 일주일을 너무나 편안히 지냈습니다. 결혼했었던 사실조차 잊어버리고 있었습니다. 아마도 남편을 좋아하는 감정이 없었던 탓에 쉽게 마음 정리를 할 수 있었던 것 같습니다.

그 후로 2주쯤 지나 남편에게서 연락이 왔습니다. 한국으로 오겠다고 했습니다. 나는 온다는 사람을 말릴 수는 없었습니다. 한번은 만나야 할 사람이라는 생각도 했습니다. 나는 남편과 헤어지자고 하고 나서 교회와 관련했던 사진도 흔적도 모두 없애 버렸습니다. 그래서 남편과 관계된 모든 것을 다 없애버린 뒤였습니다. 그래도 그가 나를 만나러 한국으로 왔을 때 나는 남편이 교회를 버리고 나를 택하기를 바랐습니다. 이혼 경력의 상처가 싫었습니다.

남편은 나를 교회로 다시 끌어들이려 만나러 온 것이었고, 나는 그를 설득해 교회를 떠나게 하려는 생각이었습니다. 나는 남편에게 교회를 그만두게 하려고, 열심히 내가 아팠던 것과 교회를 떠나게 된 과정을 얘기했습니다.

남편이 완전히 교회를 끊을 수 있게 하기 위해 내가 살아온 것도 전부 얘기했습니다. 그의 살아온 과정과 교회에 들어온 과정도 들었습니다. 하지만 쉽게 그가 변할 것 같지 않았고, 나는 열심히 내 운명을 바꾸고 싶었습니다. 난 그분의 말씀을 믿었다고 하면서 믿지 않았습니다. 외로울 내 운명이 싫었습니다. 나는 보름동안 남편을 내 남편으로 만들기 위해 완전히 미쳐 있었습니다. 목이 쉬도록 그를 설득하려 했고, 기억나지 않는 수많은 말들로 나는 완전히 미쳐 있었습니다. 나는 그때 알았습니다. 사람은 어느 누구나 미칠 수 있고, 눈에 뭔가 보일 수 있다는 것을 실감했습니다. 제 정신이 돌아 왔다 갔다 하며 무슨 말을 하는 지도 모를 때도 있고, 어느 부분은 기억이 안 나는 부분도 있는데, 두려움도 없어지고, 허공을 보고 누군가와 얘기할 때도 있으며, 살아 있는 사람이 옷을 입고 있는데도 벗은 것처럼 속이 보인다든가 하는 말도 되지 않는 것이 부분적으로 기억이 납니다.

나는 나중에 남편을 위해서 내가 미쳤었다고 얘기했지만 지금 생각해 보면 그건 오로지 내 욕심에서 비롯되었다는 생각이 듭니다. 사람이 미치게 되면 하지 말아야지 해도 멈추기가 힘들고, 자신을 제어하기가 너무나 힘든 상태가 됩니다. 어떤 사람은 자신의 눈에 귀신이 보이면서 그 귀신이 자신의 몸으로 들어오는 것을 알면서 거부가 되지 않아 미치는 경우도 있고, 자신이 알지 못하는 순간에 누군가가 자신을 지배하는 상태가 되는 것이 소위 말하는 미친 사람이 되는 것입니다.

이런 미친 상태가 되면 자신 스스로가 자신을 제어하지 못해 힘이 없는 자신은 보이지 않는 누군가의 뜻대로 몸과 마음이 움직이며 보통사람이 이해하지 못하는 사람이 됩니다. 이런 미친 상태가 되면 귀신은 사람의 몸을 빌려 먹고 싶은 것도 먹고 마음대로 행동을 하면서 편한 상태가 되니까 사람의 몸을 떠나고 싶어 하지 않게 되고 힘이 없는 사람은 그 상태를 벗어나기가 힘들어지게 됩니다. 그래서 미친 기간이 길수록 고치기가 힘들어지는 것입니다.

그렇게 보름이 지난 어느 날 그분이 연락을 주셨습니다. 그분을 뵙자 몸에서 뭔가 쑥 빠져나간 것처럼 머리가 가벼워지고, 내 속에 나쁜 기운이 쑥 빠지는 느낌이었습니다. 미쳐 있었던 나는 원래대로 돌아왔습니다. 계속해서 미쳐 있었다면 아마 나는 그때 죽었을 것입니다. 옥상에서 뛰어내리고 싶은 강한 충동을 억제하기 힘들었을 테니까요.

나는 그분께 또 신세를 졌습니다. 삶과 죽음의 기로에 있을 때마다 만나 주시던 분. 남편과 나는 집에서 가까운 거리에 있는 작은 읍내에 방을 얻어 처음으로 살림을 차렸습니다. 그 사람이 관광비자로 있을 수 있는 기간 동안이었습니다. 가끔씩 그분이 오셔서 여러 가지 말씀을 해 주셨습니다. 너무나 좋은 말씀이었지만 내게는 남아 있지 않았습니다. 귀중한 것을 가졌을 때는 그 귀중한 것을 모르는 것처럼 그 때는 그 귀중함을 몰랐습니다.

짧은 기간 동안 유원지나 산, 주로 자연을 보고 배우라고 하시면서 좋은 곳을 많이 다녔습니다.

그분은 자연을 보고도 생각하고, 어디를 다녀도 항상 의미 있게 다니라고 하셨습니다. 죄가 없는 자연은 언제나 질서를 지키며, 원칙을 지킵니다. 사람만이 꾀를 부리고 욕심을 내고 질서를 깨뜨립니다. 나는 소중한 영양분과도 같은 귀한 말씀을 흘려버렸습니다. 그분과의 소중한 인연을 나는 무시한 거나 다름없었습니다.

아무 소득 없이 그냥 주시기만 하시던 분. 다른 사람이라면 알아봤을 귀하신 분을 나는 어리석어 알아보지를 못했습니다. 마음도 통하지 않는 무지한 나를 힘들다 하시지도 않고, 뭐라도 주시려 하신 분. 나는 그분께 죄인입니다. 소중한 말씀을 그때 다 들었습니다.

그렇게 3개월을 보냈습니다. 다시 남편은 일본으로 돌아갔고, 나는 짐을 정리해 친정으로 다시 돌아갔습니다. 일본으로 갔던 남편은 학원 강사로 다시 입국 비자를 얻어 한국으로 왔습니다. 우리는 인천에서 방을 얻어 살림을 시작했습니다. 남편은 적은 수입으로 앞으로의 생활이 걱정이 되었는지 다시 공부를 하겠다며 일본으로 가고 싶다고 얘기를 했습니다. 남편은 고민 끝에 혼자 일본으로 갔습니다. 일본으로 간지 한 달 정도 지났을 때 일본에서 큰 지진이 있었습니다. 남편과는 연락이 끊겼고, 혹시 무슨 일이 생긴 건 아닌지 언니는 큰 걱정을 하였습니다. 하지만 나는 걱정이 되지 않았습니다.

나는 나 자신에게 무척 놀랐습니다. 당연히 남편이라면 걱정이 되고, 초조해야 됨에도 불구하고 나는 담담했습니다. 지진이 있은 후 2주일 후 남편에게서 연락이 왔습니다. 지진으로 피난소에 있는데 공중전화가 개통이 되어 이제야 연락한다고 했습니다.

그 후 계속 일본으로 들어오라는 그의 전화가 왔습니다. 그때는 그분이 일본으로 들어가지 말라고 하신 말씀을 순간 잊고 남편의 계속되는 전화에 그럼 일 년만 있다 올 거라고 생각하고 관광비자를 받아 일본으로 들어갔습니다.

시어머님은 내가 오면 같이 살 거라고 새로 집을 얻어 이사를 하셨고, 내 의도와 상관없이 오래 오래 일본에서 살 거라고 생각하고 계셨습니다. 대 지진으로 기울어진 집에서 같이 살 수가 없었지만 어머님의 생각은 변함이 없었습니다. 부모라면 당연히 가질 수 있는 생각이었지만 어머님과 같이 살면 한국으로 올 수 없고 일본사람처럼 살아가게 하시려는 어머님을 따를 수는 없었습니다.

어머님은 그런 내가 싫었고, 당신 마음에 차지 않아 내가 만들어 드리는 음식이나 빵은 드시지도 않았습니다. 물론 나 같은 예의 없는 며느리가 마음에 들지도 않으셨을 것이고 나도 지금 생각해 보면 며느리로써 빵점짜리였습니다. 남편을 붙잡으려 내 욕심으로 노력했지만 결국 남편을 한국에서 살게 만들어 어머님께 눈물을 흘리게 만들었으니까요. 게다가 원하는 아이도 낳지 못했으니 당연히 며느리로는 자격이 없는 나였습니다.

일본에서 살게 되면서 처음에는 한국이 그리워 힘들었지만 말을 배우고 일본문화에 익숙해 지면서 차츰 그분도 잊고, 한국에서의 일들을 조금씩 지워갔습니다. 하지만 아침이면 떨어지는 혈압과 현기증, 몸은 조금씩 나빠지고 있었습니다. 시어머님은 결혼을 했으면서도 아이가 없는 것이 몸이 약한 내 탓이라고 생각하셨습니다.

나도 아이가 있었으면 하고 바라고 있었던 터라 나는 병원에서 검사를 했습니다. 하지만 병원에서는 아무 이상도 없다고 했고, 나는 아이를 바라고 있었지만 남편은 아이에 대한 생각이 별로 없는 듯했습니다. 인천에서 살면서 아이가 생기지 않아 속상해운 적이 있었습니다. 그 때 남편은 울고 있는 나를 서럽도록 나무랐고, 그의 차가운 성격은 나를 힘들게 했습니다.

일본에서 살면서 마음이 힘들었습니다. 언제나 불만스런 남편의 찡그린 얼굴과 낮이면 내가 집에 있는지 걸려오는 확인 전화, 걱정해서 전화하나보다 생각했지만 나는 그의 마음을 알 수가 없었습니다. 무엇을 생각하는지, 무엇을 원하는지 도무지 알 수가 없었습니다.

마음을 말하지 않는 그의 눈치를 나는 자주 봐야 했고 나를 향한 그의 애정이 전혀 느껴지지가 않았습니다. 나는 새로운 일본문화가 재미있었고, 혼자서 돌아다니는 것만으로 시간을 보내며 그 시간을 즐겼습니다. 나는 그분의 말씀을 잊고 차츰 일본생활에 안주하기 시작했습니다. 그렇게 일본생활에 익숙해지고

1년이 지나갔습니다. 약속한 1년이 지나고 어느 날부터 인가 남편을 향해 나쁜 마음이 들기 시작했습니다. 남편이 얼굴을 찡그려도, 화를 내고, 내게 눈물을 흘리게 해도 들지 않던 마음이 아무 생각이 없을 때 순간 툭 터져 나왔습니다. 설거지를 하다가도 빨래를 하는 중에도 순간 드는 생각, 죽여 버리고 싶다는 순간의 말이 내 의지와 상관없이 들기 시작했습니다.

나는 무서웠습니다. 내 속에 악마가 자리 잡고 있었습니다. 내 속에 또 다른 나를 다스리는 나쁜 것이 있었는데 내가 잘못을 저지르고 약속을 지키지 않자 드디어 그 잔인한 모습을 드러낸 것이었습니다. 나는 집에 있는 위험한 것들을 감추었습니다. 그리고 너무나 괴로웠습니다. 차마 남편에게 내 잔인성을 얘기할 수 없었습니다. 내가 남편을 진심으로 사랑하지 않아서 그럴 거라고 생각했습니다.

낮에 혼자 있거나 밖에서 사람들과 어울리거나 쇼핑을 할 때는 전혀 그런 생각이 들지 않았습니다. 일부러 하려고 해도 들지 않는 생각. 그 때는 내가 왜 이러지 이건 아닌데 라는 생각만 했습니다.

지금 생각해 보면 내가 잘못을 하면 내 속에 악마는 어김없이 나를 지배했고, 내게 나쁜 생각이 들게 했습니다. 나는 일본으로 가지 말라는 말씀을 어겼고, 남편과 일본에 1년만 있겠다는 약속도 어겼던 것입니다. 나는 나쁜 마음이 드는 데도 깨닫지 못했고, 남편은 한국으로 빨리 가려고 서두르지도 않았으며, 한국으로 올 수 있는 방법을 생각하고 준비는 하였지만 완전히 마음먹지는 않았습니다.

약 1년 3개월이 지난 어느 날 점심을 먹고 오후 3시쯤 되었을 때 목이 간질간질한 느낌이 들더니 재채기가 나왔습니다. 손으로 가렸는데 손바닥을 보고 깜짝 놀랐습니다. 손바닥에 피가 묻어 있었습니다. 순간 놀라 시어머니께 전화를 했지만 통화가 되지 않았습니다.

한국으로 전화해 아버지가 알려주신 응급처치를 했지만 피는 멈추지 않았습니다. 저녁이 되어 남편이 왔습니다. 남편은 아픈 나를 보고도 그다지 놀라지도 않았고 병원에 가자는 말도 하지 않았습니다. 밤이 되자 나는 불안한 마음에 병원에 갔습니다. 여러 가지 검사 결과 의사 선생님은 일주일을 넘기기 어려울 것이라 했습니다. 의사 선생님도 간호사도 내가 결핵일까 봐 마스크를 끼고 병실로 들어왔습니다.

그날 밤 바람이 많이 불었습니다. 죽을 지도 모른다는 생각을 해도 두렵지는 않았습니다. 그냥 담담했습니다. 옆에서 잠자는 남편이 원망스럽지도 밉지도 죽이고 싶지도 않았습니다. 내가 없으면 남편은 또 어떻게 살겠지만 부모님과 형제들 생각을 하니 슬픈 생각이 들었습니다. 내가 좋아하는 것을 보면 내 생각이 날 것이고, 나를 닮은 사람을 봐도 내 생각을 할 부모 형제 생각을 하니 우울했습니다.

병원에서 나를 간호해 줄 사람도 없고, 또 일본에서 죽을 수 없다고 생각했습니다. 죽어도 한국에서 죽고 싶다 생각했습니다. 만류하는 의사 선생님께 한국으로 가고 싶다고 부탁을 했고 선뜻 허락하지 않는 의사 선생님께 귀국 후 바로 병원에 입원하겠다는 약속을 하고 서둘러 귀국을 했습니다.

오사카 공항에 도착하자마자 신기하게도 기침이 잦아들고, 김해 공항에서 내리자 기침이 나지 않았습니다. 나중에 알았지만 그분은 엄마에게 여러 번 전화를 하셨고 빨리 한국으로 부르라고 하셨다고 들었습니다. 아무리 멀리 있어도 마음이 있으면 멀리 있는 공간은 아무것도 아닙니다. 마음의 세계는 시공을 초월하는 것입니다. 야위고 힘은 없었지만 마음은 가벼워졌고, 나쁜 생각도 들지 않았습니다.

병원에 가지 않아도 될 만큼 몸이 언제 그랬냐는 듯 좋아지기 시작했습니다. 남편은 얼마 지나지 않아 뒤따라 나왔습니다. 힘이 없는 나와 남편은 학원 여기저기를 다녔습니다. 학원이 정해지자 곧바로 이삿짐을 챙겨 한국으로 왔습니다. 시어머니는 서운해 하셨지만 그는 어머니의 뜻과는 달리 한국으로 왔습니다. 남편이 한국에 오고 같이 생활했지만 나는 나쁜 마음도 들지 않고 몸도 건강해졌습니다. 하지만 오래 가지는 않았습니다.

내가 평범하게 사는 건 용납이 되지 않았습니다. 어느 날 갑자기 또 아프기 시작했습니다. 또 피가 나고 숨조차 쉬기 힘들어져서 어쩔 수 없이 나는 친정으로 갔고, 그와 떨어져 있었습니다. 차츰 남편과 헤어져야 될 준비를 하지 않으면 안 될 운명이 다가 오고 있었습니다. 그와 나는 남이 보면 좋은 사이로 보였습니다. 소리 나게 싸우지도 않고, 속만 앓는 병든 부부였습니다. 그 사람을 생각하면 어떤 생각을 하는지 나에게 애정이 있는지 도무지 알 수가 없었습니다. 그와 있으면 나는 언제나 그의 눈치를 봤고, 마음이 편치 않았습니다. 그는 냉정했고 까다로운 사람이었습니다. 내가 뭘 원하는지 내가 울어도 왜 우냐고 물어보지도 다독여 줄줄도 모르는 사람이었습니다. 항상 불만스러운 얼굴을 하고, 물어봐도 시원하게 대답해 주지도 않았습니다.

나는 그가 일본에서 태어나고, 자라서 그런 거라고 생각했습니다. 그는 한국 사람의 핏줄을 타고 났지만 일본사람으로 자라서 그럴 거라고 생각했습니다. 그가 그렇게 나를 편하게 해 주지는 않았지만 나는 그래도 같이 살고 싶었습니다. 나는 내 노력으로 그를 사랑한다고 착각하고 살았습니다.

그가 나를 서럽게 하고, 품어 줄줄 몰라도 그래도 살아야 된다고 생각했습니다. 하지만 어느 날부터인가 그와 잠자리를 하는 순간에만 나쁜 생각이 스쳐 지나갔습니다. 나는 또 괴로웠습니다. 내가 붙잡고 있는 다고 그가 남편이 될 수는 없었습니다. 그와 결국 잠자리를 하지 않기로 했습니다.

나쁜 생각이 들지 않아서 좋았습니다. 나는 그를 사랑하지 않았습니다. 좋아한다고 착각했지만 나 역시 그의 고통을 알아보지 못하는 이기적인 사람이었습니다. 잠자리를 하다가 곁에 두고도 못하는 그가 힘들었을 텐데도 나는 내가 편하다고 좋아만 했습니다. 잠자리를 안 하는 것 외에 그런대로 사이가 좋았습니다.

손만 잡더라도 같이 살고 싶다던 그와 몇 년을 그렇게 살았습니다. 나는 그가 국적을 받고 대한민국 사람으로 되기를 바랐습니다. 또 아이를 갖게 되기를 바랐습니다. 하지만 모두 물거품이 되고 말았습니다.

그와 나는 헤어졌습니다. 나는 아무것도 없이 집을 나왔습니다. 그는 자신이 죽을 지도 모른다며 집을 나가라고 했습니다. 퇴근 후 갑자기 집을 나온 날 밤 나는 울었습니다. 서글픈 내 인생이 불쌍해 울었습니다. 하지만 마냥 울고 있을 수만은 없었습니다. 혼자 살려면 먹고 살아야 되고 힘내지 않으면 안 되기 때문에 억지로라도 힘을 냈습니다.

하지만 내가 왜 혼자 살아야 되는지 생각하지 않았습니다. 언젠가 또 다시 누군가와 살겠지 생각했습니다.

그분의 말씀은 어디론가 흘려보내고, 그냥 하루하루를 의미 없이 살았습니다. 가끔씩 우울하거나 기분이 안 좋을 때도 많았습니다. 어떻게 살아야겠다는 목적도 없었고, 나쁜 생각이 들 때도 왜 그런지 생각도 못했습니다. 가끔씩 그분을 뵈었습니다. 그분을 뵌 것이 어떤 의미인지 왜 내게 많은 말씀을 하시고, 내 생각을 해 주시는지, 나를 보고 걱정하시고, 우실 때도 있으신지 정확히 알지 못했습니다.

내가 위험에 빠지거나 몸이 아파질 때나 나 자신이 무언가를 깨닫지 못해 힘들어질 것을 미리 아시고 항상 그분은 내게 오셨습니다. 나는 그분께 크나큰 사랑을 받으면서도 당연히 받을 것을 받는 기분으로 받았고, 그분을 뵙는 것 또한 부담스러울 때도 있었습니다.

하지만 못난 나를 만나시면서 얼마나 힘드셨고, 마음이 지치셨는지 나는 알지 못했습니다. 그분의 사랑은 부모님의 사랑 이상이셨습니다. 그분은 나를 처음 봤을 때부터 나는 평범하게 살 수 있는 운명이 아님을 이미 말씀해 주셨고, 내 마음 속에 나쁜 내가 있음을 알고 계셨습니다.

나쁜 내가 그분께 뭘 사 드리면 그 음식은 벌레가 생기고, 금

세 상해 버렸으며 나쁜 내 마음은 상대를 힘들게 하고, 결국 나를 망치게 됨을 나는 알지 못했습니다.

나쁜 나와 착한 나를 나는 구분하지 못했습니다. 이미 그분을 뵈었을 때 많은 말씀 속에서 나쁜 나를 말씀하셨고, 어떻게 사는 것이 나쁜 나를 이기는지 알려 주셨는데도 불구하고, 나는 미처 깨닫지 못하고 세월만 무심히 보냈습니다.

그분의 끝없는 사랑에도 한계는 있었습니다. 혼자 살면서 내가 깨닫고 마음을 다스리고 해야 될 일을 알지 못하자 결국 그분은 남편과 만나게 해 주셨고 남들처럼 살고 싶은 내 소망대로 다시 합쳐 살라고 하셨습니다.

그때까지 그도 나도 계속 혼자였기에 어차피 누구랑 살고 싶다면 예전 사람이 낫지 않겠냐고 하시며 나를 설득하셨고 나는 그분의 말씀을 받아들였습니다. 그 사람은 너무나 좋아했고, 우리는 예전처럼 다시 살림을 시작했습니다. 그러나 그와 살자 일주일이 채 되지 않아 또 내 마음속은 고통으로 빠지고 말았습니다. 또 나쁜 마음이 들기 시작했습니다.

나는 너무나 고통스러웠습니다. 하루하루가 지옥이었습니다. 그런 내 마음을 그분은 이미 알고 계셨고 내가 내 마음의 눈을 고치지 않아서 그렇다고 하셨습니다. 그분은 크게 화를 내셨고, 악한 내 마음이 무슨 일을 저지를까 잠도 못 주무시며 걱정하셨습니다.

너무나 힘든 나는 여위고 망가져 죽을 것 같았습니다. 이번에는 내 스스로 집을 나왔습니다. 급하게 방을 얻었고, 도망치듯 나왔습니다. 남편은 이삿짐을 챙겨 주었습니다. 나는 괴로움으로 누구를 돌아볼 여유조차 없었습니다. 나는 혼자 방을 얻어 나와서 혼자 죽을 각오로 집을 나왔습니다. 남편에게 나쁜 마음이 드는 것보다 차라리 혼자 나와서 죽으리라 생각했습니다. 몸이 아프고 힘들었을 때보다 더 극심한 고통은 마음의 고통이었습니다.

나는 악한 마음으로 사느니 죽는 것이 훨씬 낫다고 생각했습니다. 하루하루가 아침에 눈을 뜨면 내가 살아있구나 언제 죽을지 모를 상상을 했습니다. 그렇게 한 달이 지나고 두 달이 지났습니다. 혼자 사는 것이 부끄러운 것이 아니라 나쁜 마음을 가진 것이 부끄러웠습니다.

나는 마음속으로 빌었습니다. 하루를 살아도 죽기 전 나쁜 마음은 버리고, 죽게 해 달라고 또 빌고 빌었습니다. 나는 너무나 사랑해 주신 분께 보답도 못하고, 죄만 지어 지옥으로 가겠지만 나쁜 마음만큼은 버리고 죽고 싶었습니다.

어떻게 빚을 갚을까 생각했습니다. 돈으로 계산할 수 없는 사랑을 받았고 빚졌지만 억만 분의 일이라도 갚고 싶었습니다. 회사에 다니면서 그리고 혼자 있으면서 많은 생각을 했습니다. 고개를 들 수 없을 정도의 부끄러운 죄인이 되고 보니 지난날을 조금씩 생각하며 떠올리기 시작했습니다.

10년 아니 15년이란 긴 시간을 나는 너무 어리석게 보냈습니다. 내 나이 30살 되던 해 그분을 뵈었습니다. 그리고 늦은 마흔의 나이, 착한 며느리로, 착하고 효도하는 좋은 자식으로, 아내로, 엄마로 살지도 못했고 죽어라고 돈을 벌어 좋은 일에 쓰지도 못했으며 귀한 말씀도 바람에 구름에 다 날려 버렸으며 생긴 거라곤 주름살과 어리석은 회한뿐이었습니다.

정말 부끄러운 삶이었습니다. 조금씩 말씀을 떠 올렸습니다. 나는 그분을 뵙고도 다른 사람과 다른 사람이 되질 못했습니다. 나는 다른 사람과 똑같이 욕심도 많고, 질투도, 시기도, 원망도, 교만도 가지고 있었습니다. 거기에다 나쁜 마음까지 보태져서 더 나은 거라곤 하나도 없는 사람이었습니다. 누구를 사랑하고, 사랑받을 자격조차 없는 나.

그분은 변화하지 않는 나로 인해 몸과 마음이 힘드셨습니다. 세상 어느 부모도 못해 줄 사랑, 몸과 마음을 다해 밤낮으로 걱정하셨고, 내가 잘못해 죽을 지경이 되면 어김없이 찾아 오셨던 분. 난 그분을 울렸으며 그냥 어린 아이처럼 그분의 마음을 조금도 헤아리지 못했습니다.

나는 생각났습니다. 그분께서는 세상에 없는 듯 살고 계시지만 누구보다 세상을 사랑하시고 세상을 걱정하시는 분이란 것을 생각해냈습니다. 그분께서 말씀하신 겸손은 세상 누구나 가져야 되는 것이며, 묵묵히 책임을 다하는 자연의 이치처럼 사람이 살아야 됨을 말씀하셨습니다.

나는 어느 누구나 마음으로 진실하게, 겸손하게 자연처럼 욕심 없이 나눠주고, 사랑하는 사람들이 많은 세상을 원하시는 그분의 마음을 조금은 알 것 같습니다. 내가 부끄럽다고 해서 사람들에게 나타나기 싫다고 해서 그분의 마음을 세상에 조금이라도 전하지 않는 다면 나는 정말 나쁜 사람이고 악한 죄인이 될 것입니다.

이것은 종교가 아닙니다. 기도하고 헌금하고 같이 다니자고 해서 서로 손잡고 다니며 할 수 있는 것이 아닙니다. 개인 개인이 마음으로 고치고 반성하고 자신을 다스려야 하는 자신과의 싸움입니다. 어느 누구나 가지고 있는 두 가지의 마음, 그 곳에서 선한 마음이 승리 할 수 있도록 수없이 자신을 돌아보고 교육시켜야 합니다.

이것은 어느 누구도 대신해 줄 수 없고, 오로지 자신만이 할 수 있는 일입니다. 이 땅에 선한 마음이 많아져 전쟁도 굶주림도 없는 세상이 될 수 있으면 좋겠습니다. 이 땅의 인류는 모두 한 가족입니다. 나눠주고 아껴주며 자신의 맡은 바 최선을 다하는 한 사람, 한 사람이 모여 이루는 거대한 가족입니다.

아직도 나는 참 힘이 듭니다. 아직도 나는 때때로 내 속에서 나오는 교만과 어리석은 욕심으로 힘이 듭니다. 그러고선 하루를 마치는 저녁에는 후회가 앞서고 맙니다.

어느 누구라도 자신의 싸움에서 승리한다면 그 사람이 존경받는 사람이 될 수 있으며 내가 본받아야 되는 사람이 될 것입니다.

나는 죽을 때까지 욕심을 버리기 위해, 나쁜 마음을 버리기 위해 노력할 것입니다. 나는 살아서도 죽어서도 그분께 죄인입니다. 나는 한 번도 그분과의 약속을 지키지 못한 거짓말쟁이였습니다.

지금이라도 단 한 번만이라도 약속을 지키고 싶습니다. 남을 위해 살 수 있는 내가 되고 싶고, 그분의 큰 사랑을 세상에 내놓고 싶습니다. 그리고 시간이 흘러 나를 돌아보고 아주 조금이라도 만족할 수 있다면 그것으로 감사할 것입니다. 그리고 있는 듯 없는 듯 그렇게 살다 가고 싶습니다.

부족하지만 한없이 부족하지만 말씀의 일부를 기억해 내가 느낀 것과 함께 적어보았습니다. 그분의 말씀과 너무나 상이한 부분도 있을 것입니다.

이것 또한 내 욕심이고, 죄가 될까 두렵습니다. 그리고 이 모든 것이 그분께 누가 될까 두렵습니다.

하지만 지금의 이 세상을 보면 속이 상합니다. 먹는 음식을 가지고 장난을 치고, 오로지 돈이 된다면 그 어떤 짓도 서슴없이 하는 사람들, 사람들이 바뀌지 않는 이상 이 세상은 불치병에 걸린 사람처럼 될 거라는 생각을 하면 그분의 말씀이 너무나 아깝다는 생각을 떨칠 수가 없습니다.

나는 그분의 말씀처럼 살지 못했지만 이 글을 읽는 분들은 충분히 할 수 있다고 믿고 있습니다. 나보다 훨씬 좋은 마음을 가진 분들일 테니까요.

직접 그분의 말씀을 듣는 다면 더할 수 없이 좋겠지만 그분과 전혀 차원이 다른 나이지만 10년을 뵈면서 말씀을 듣고 느낀 사람 중 한 사람이라는 것 때문에 부족하지만 이 세상에 도움이 되길 간절히 바라면서 이 글을 적었습니다.

부디 이 글이 그분께 누가 되지 않길 간절히 바랍니다.

그리고 부디 도움이 되길 바랍니다.